Christopher Ross
schreibt romantische Abenteuer mit Spannung und Gefühl. Durch Bestseller wie »Das Geheimnis der Wölfe« wurde er einem großen Publikum bekannt. Auf zahlreichen Reisen und während längerer Aufenthalte in den USA und Kanada entdeckte er seine Vorliebe für diese Länder, die bevorzugten Schauplätze seiner erfolgreichen Romane.

Von Christopher Ross bereits erschienen:
Wilde Pferde in Gefahr
Die Rückkehr der weißen Wölfe
Mein Freund, der Husky
Die Gefährtin des Wolfs
Die Nacht der Wale
Im Zauber des Nordlichts
Das Geheimnis der Wölfe

Christopher Ross

Das Riff der Delfine

UEBERREUTER

Das säurefreie und alterungsbeständige Papier EOS liefert Salzer, St. Pölten
(hergestellt aus chlorfrei gebleichtem Zellstoff aus nachhaltiger Forstwirtschaft).

ISBN 978-3-8000-5611-8

Umschlaggestaltung von init, Büro für Gestaltung, Bielefeld,
unter Verwendung von Fotos von Getty Images, München
Lektorat: Wiebke Rossa

Druck: CPI Moravia Books GmbH
3 5 7 6 4 2

Ueberreuter im Internet: www.ueberreuter.at

1

Mit Tränen in den Augen fuhr Sheyna auf die Brücke. Das vertraute Geräusch, als die Räder ihres alten Chevys über den Gitterrost zwischen dem Asphalt rollten, erlöste sie von ihren trüben Gedanken und ließ sie nach Südwesten blicken. Obwohl sie in Marathon aufgewachsen und viele Male über den Overseas Highway gefahren war, spürte sie noch immer dieses aufgeregte Kribbeln, wenn sie das Festland verließ und zu beiden Seiten der Straße das Meer auftauchte. Links der Atlantik, rechts der Golf von Mexiko und vor ihr eine Kette von winzigen Inseln, die sich wie an einer Perlenschnur aufgereiht bis ins hundert Meilen entfernte Key West zogen. Über mehr als vierzig Brücken führte der »Highway that Goes to Sea« in die »amerikanische Karibik«, wie die Leute vom Fremdenverkehrsamt die Florida Keys auch nannten.

Schon von der ersten Brücke hatte Sheyna eine spektakuläre Aussicht auf das Meer, das in der tief stehenden Sonne wie flüssiges Silber glänzte und eine unglaubliche Ruhe ausstrahlte. Ein Gefühl, das sie die leicht verkrampften Hände um das Lenkrad lockern und ihren Herzschlag langsamer werden ließ. Zumindest für ein paar Augenblicke gelang es ihr, die quälenden Gedanken zu vertreiben und sich am Anblick der Keys zu erfreuen. Dem scheinbar endlosen Highway, der sich von einer winzigen Insel zur anderen wand und sich am fernen Horizont in den Hitzeschleiern zu verlieren schien. Den Palmen, die sich im schwachen Wind kaum bewegten, den Luxushotels mit ihren Privatstränden, den Restaurants und »Tropical Bars«, der heiteren Ausgelassenheit, die selbst zu Beginn der Hurrikansaison über den kleinen Inseln lag.

Sheyna klappte die Sonnenblende herunter und versuchte sich zu entspannen. Doch ihre Gedanken kehrten auch in der karibisch-heiteren Atmosphäre zu ihren Eltern zurück, die sie vor ein paar Tagen in ihrem Apartment in Hialeah angerufen hatten, ausgerechnet in dem Augenblick, als sie zum Training aufbrechen wollte. Seitdem sie in Miami wohnte, hatten ihre Eltern noch nie an einem Dienstag angerufen. Sheyna meldete sich sonntagmorgens und ihre Eltern mittwochabends, wenn sie sicher zu Hause war, so hatten sie es ausgemacht. Ein außerplanmäßiger Anruf bedeutete, dass es Probleme gab.

»Hey, Dad! Heute ist Dienstag! Hattest du Sehnsucht nach mir?«

»Sheyna«, antwortete er, und sie hörte schon am Klang seiner Stimme, dass ihn etwas bedrückte. »Was macht das College? Lernst du auch was?«

»Jeden Tag etwas Neues. Wenn ich gewusst hätte,

was für ein weites Feld die Meeresbiologie ist, hätte ich es mir vielleicht noch mal überlegt. Weißt du, wie viele Fischarten es in den sieben Weltmeeren gibt? Zehn Millionen!«

»Und die musst du alle auswendig kennen?«

»Dann bräuchte ich wohl noch ein paar Jahre länger für mein Studium.« Sie trat ans Fenster und lachte verhalten. »Aber du rufst mich doch nicht an, um mit mir über Fische zu plaudern, oder? Ist alles in Ordnung bei euch?«

»Nun ja«, sagte er nach einigem Zögern, »deine Mom und ich würden gern etwas mit dir besprechen. Hier in Marathon. Es haben sich da einige Dinge ergeben …« Er dachte wohl darüber nach, ob er noch mehr sagen sollte, entschied sich aber dagegen. »Wann kommst du denn wieder nach Hause?«

»Am Donnerstag, das weißt du doch. Ich schreibe ein Referat über die Wasserbeschaffenheit vor den Keys und laufe wahrscheinlich das ganze Wochenende mit einem Messgerät am Strand herum.« Sie blickte auf den Interstate Highway, der einige Blocks von ihrem Apartment entfernt die Vorstädte von Miami zerteilte, und blinzelte in die untergehende Sonne. »Was denn für Dinge, Dad? Ist irgendwas mit dir und Mom? Mom geht es doch gut, oder?«

Sie hörte, wie er tief durchatmete. »Wir haben finanzielle Probleme, Sheyna. Die Besucherzahlen auf den Keys sind zurückgegangen, und die Touristen, die kommen, geben weniger Geld aus. Wir hätten einen Burger King oder einen Dairy Queen aufmachen sollen, dann ginge es uns wesentlich besser.«

»Ist es so schlimm?«

»Leider, Sheyna. Lass uns am Donnerstag darüber reden.«

»Muss … muss ich das College aufgeben, Dad?«

»Nein, wo denkst du hin? Aber … wir finden eine Lösung, Sheyna.«

Die Nachricht war keine wirkliche Überraschung für sie. Obwohl der Präsident in jeder zweiten Rede davon sprach, dass sich die Wirtschaft im Aufschwung befinde und Amerika keine Angst vor der Zukunft zu haben brauche, waren die Leute vorsichtig geworden und gaben lange nicht mehr so viel Geld aus wie früher. Viele aßen lieber Fast Food, als in ein Restaurant wie den »Happy Pelican« zu gehen, da konnten ihre Eltern noch so sehr darauf verweisen, dass sie nur frischen Fisch und frische Schalentiere verarbeiteten.

Es war nicht schwer zu erraten, worüber ihre Eltern mit ihr sprechen wollten. Selbst wenn sie das College weiter bezahlten, würden sie eine stärkere Beteiligung von ihr erwarten. Kein Mietzuschuss mehr, kein monatlicher Scheck, kein Extraschein für das Benzin, wenn sie nach Hause kam. Statt an zwei oder drei Abenden würde sie jeden Abend im Starbucks an der Ecke arbeiten müssen, vielleicht müsste sie sogar noch einen zusätzlichen Job annehmen.

Was soll's, versuchte sie sich zu beruhigen, es gab viele junge Frauen, die auf diese Weise ihr Studium finanzierten. Kein Grund, gleich Trübsal zu blasen. Wenn der Vermieter ihr erlaubte, eine weitere Studentin in ihrem Apartment wohnen zu lassen, könnten sie sich die Miete teilen und auch beim Essen sparen. Für zwei Personen kochte es sich leichter als für eine und preiswerter war es auch. Es gab immer Mädchen, die ein günstiges Zimmer suchten.

Sie könnte es sich auch einfach machen, zu Timmy zurückkehren und bei ihm einziehen. Er würde sie mit Kusshand aufnehmen. Seine Eltern besaßen mehrere Münzwäschereien, ein wesentlich einträglicheres Geschäft als ein Restaurant, und er hatte genug Geld. Sie würde nicht mal fürs Essen bezahlen müssen. Aber das kam natürlich nicht infrage. Sie war nicht der Typ, der sich aus finanziellen Gründen an einen Mann hängte, selbst wenn er der Quarterback des College-Footballteams war. Der Ersatz-Quarterback, wenn man es genau nahm, die letzten vier Spiele hatte der Neue aus Fort Lauderdale auf seiner Position gespielt. Zugegeben, er sah gut aus, besonders mit freiem Oberkörper, und anfangs war sie auf seine fröhliche Unbekümmertheit hereingefallen. Sie hatte sich in sein Cabrio gesetzt und ihre dunkelblonden Haare wehen lassen, war mit ihm zum Schnorcheln rausgefahren und hatte sich von ihm in diesen schicken Klub in South Beach einladen lassen.

Ein »Augenblick der Schwäche«, wie sie diese Zeit inzwischen nannte. Denn was sie für gute Laune und fröhliche Unbekümmertheit gehalten hatte, war nichts weiter als das kindliche Gemüt eines dummen Jungen, der nur wegen seiner sportlichen Leistungen ans College gekommen war und sich weder für Meeresbiologie noch für irgendetwas anderes interessierte. Vier Wochen hatte es gedauert, bis sie ihn durchschaut und sich von ihm getrennt hatte, wenige Stunden vor ihrem entscheidenden Spiel gegen ein College aus Jacksonville. Sie spielte Fußball, auf der Sechserposition, wie sie gerne betonte, obwohl das keiner außer ihrem Trainer und ihren Mitspielerinnen verstand. Mit anderen Worten, sie war die Abräumerin vor der Verteidigung und inszenierte das Spiel nach vorn. »So was wie Quarterback?«, hatte Timmy gelästert. »Seit wann ist das was für Mädchen? Warum bist du keine Cheerleaderin?«

Und natürlich hatte er sich auch geweigert, sie zu dem Spiel zu begleiten. »So 'n Weiberkram mach ich nicht mit«, hatte er abfällig gesagt. Die üblichen Machoallüren, die sich einige Mädchen im Team von ihren Freunden anhören mussten. Sie war allein zum Spiel gefahren und so wütend aufgelaufen, dass sie sich schon nach drei Minuten eine Gelbe Karte eingefangen hatte. Dann hatte sie mitgeholfen, die Mädels aus Jacksonville mit 4:1 vom Platz zu fegen und in die Endrunde der Meisterschaft einzuziehen. Man hatte sie sogar zum »Player of the Game« gewählt, eine Auszeichnung, auf die sie mächtig stolz war. Zur Profispielerin würde es bei ihr zwar niemals reichen, dazu war ihr die Meeresbiologie auch viel zu wichtig, aber als Amateurin konnte sie sich sehen lassen.

Sie war froh und regelrecht erleichtert, mit Timmy Schluss gemacht zu haben, obwohl er sie noch wochenlang genervt hatte und es offensichtlich nicht ertragen konnte, von einem Mädchen den Laufpass zu kriegen. »Du wirst noch auf Knien angekrochen kommen«, war seine harmloseste Bemerkung, an die sie sich erinnerte. »Aber nur in deinen Träumen!«, flüsterte sie entschlossen. Sie hatte erst mal genug von Männern, wollte sich ganz auf ihre Collegearbeit konzentrieren, um einen ordentlichen Abschluss zu erreichen.

Wo sie später arbeiten würde, wusste sie nicht. Das war auch noch einige Jahre hin. Vielleicht auf den Florida Keys, im Dolphin Research Center, der Delfin-Forschungsstation, die nur ein paar Blocks vom Restaurant ihrer Eltern entfernt lag, oder in Miami oder Fort Lauderdale. Oder auf einem der großen Forschungsschiffe, die auf den Weltmeeren kreuzten, das wäre wirklich spannend, auch wenn diese Fahrten extrem lange dauern konnten. So wie bei dem Meeresforscher Jacques Cousteau, der auf der ganzen Welt geforscht hatte und nur alle paar Jahre nach Frankreich gekommen war. Sie hatte sich die DVDs mit seinen Filmen mehrmals angesehen. Als Mitglied eines solchen Teams würde sie sich wohlfühlen.

Vor ihr tauchten die ersten Häuser von Islamorada auf, der einzigen größeren Siedlung zwischen Key Largo und Marathon. Die übliche Einkaufsmeile mit Fast-Food-Restaurants, einigen Hotels und Bungalow-Siedlungen, dem kleinen Chinesen, zu dem sie manchmal zum Essen gingen, wenn sie genug von Fisch und Schalentieren hatten. Nur für wenige Minuten verschwand das Meer hinter den flachen Häusern der Innenstadt und einem mehrstöckigen Hotel, dann leuchtete das Wasser wieder, und der Highway führte an einem großen Hafenbecken mit mehreren Fischerbooten und Jachten vorbei. Die weißen Jachten glänzten rotgolden in der sinkenden Sonne, ein Anblick, der sie immer begeistern würde. Auf den Holzpfählen saßen braune Pelikane in der Hoffnung, ohne Anstrengung an ein Abendessen zu kommen.

Die nächste Brücke, und wieder kam es ihr so vor, als würde sie übers Meer gleiten, ein Gefühl, das etliche Touristen, die zum ersten Mal über den Overseas Highway fuhren, erschreckte. Sheyna war jeder Zoll der Strecke vertraut, selbst mit verbundenen Augen hätte sie nach Hause gefunden. Sie entspannte sich ein wenig, aß einen der Äpfel, die sie als Proviant mitgenommen hatte, und überzeugte sich durch einen schnellen Blick in den Innenspiegel davon, dass sie keine roten Augen mehr hatte. Sie wollte ihren Eltern nicht als weinendes Nervenbündel gegenübertreten. Wenn es ihnen finanziell so schlecht ging, brauchten sie eher eine Aufmunterung, eine Tochter, die sich nicht darum scherte, dass sie kein Geld mehr bekam, und ihnen sagte: »Keine Angst, Leute, ich komme auch so zurecht. Wäre doch gelacht, wenn ich das College nicht mit Auszeichnung abschließen würde. Und dann bekomme ich meine eigene Fernsehsendung wie damals Jacques Cousteau, werde stinkreich und kaufe euch eine der teuren Villen unten in Key West.«

Sie konnte schon wieder lachen. Okay, im Spiegel lachte ihr keines dieser Püppchengesichter entgegen, auf die manche Männer so flogen, dazu war sie schon während ihrer Kindheit zu oft im Freien und auf dem Meer gewesen. Sie wirkte eher frisch und natürlich, und in ihren braunen Augen glomm ein Feuer, das immer dann aufflackerte, wenn sie sich besonders freute oder ärgerlich war. Nein, zur Cheerleaderin hätte sie nicht getaugt, auch wenn Timmy das gern gesehen hätte. Er war während des Collegeballs auf sie aufmerksam geworden, als sie ihre Haare kunstvoll frisiert und Make-up aufgelegt hatte, etwas, was sie sonst höchst ungern tat, weil es in der Hitze auf den Keys leicht verschmierte und beim Tauchen oder Schnorcheln nur störte. Sie brauchte nicht mal Wimperntusche. Und ihre Haare trug sie meist zu einem hochgesteckten Pferdeschwanz gebunden wie Detective Lilly Rush in *Cold Case*, der bekannten Krimiserie, die allerdings nur noch in Wiederholungen lief.

Sie schaltete das Radio ein und lachte laut, als die

letzten Takte von Jimmy Buffetts »Margaritaville« erklangen, einem Song, der zwei Jahrzehnte vor ihrer Geburt herausgekommen war und noch immer als »Nationalhymne« der Keys galt. »Wastin' away again in Margaritaville«, sang er, »du lässt dich hängen und hast endlich mal Zeit, die Seele baumeln zu lassen«. Das Lebensgefühl der Tropen, und näher als auf den Keys kam man den Tropen in Amerika nirgendwo, von Hawaii mal abgesehen. Aber wer will schon nach Hawaii, wenn er das Paradies direkt vor der Haustür hat, zumindest jetzt noch.

»Und jetzt zu den Nachrichten«, meldete sich eine kernige Stimme aus dem Autoradio. »Auch zwei Wochen nach der Explosion auf der Bohrinsel Ocean Queen, bei der vier Arbeiter ums Leben kamen, gelang es International Oil noch nicht, den Ausfluss des Öls zu stoppen. Wie uns ein Sprecher des Konzerns mitteilte, will man nun versuchen, den sich immer weiter ausbreitenden Ölteppich im Golf von Mexiko mit Chemikalien aufzulösen. Namhafte Umweltschützer kritisieren jedoch, dass diese Chemikalien hochgiftige Wirkstoffe enthalten, die sich ebenso vernichtend auf das Leben im Meer auswirken wie das Öl. Außerdem warnen sie vor der Möglichkeit, große Mengen des ausgetretenen Öls könnten auch unter der Wasseroberfläche zur Küste getrieben werden. Im südlichen Alabama wurden bereits weite Abschnitte durch das Öl in Mitleidenschaft gezogen, der Strand von Dauphin Island musste gesperrt werden. Inzwischen wird nicht mehr ausgeschlossen, dass ein Teil des Ölteppichs durch die starken Strömungen nach Florida abgetrieben werden und dort die Touristenstrände der Florida Keys beeinträchtigen könnte …«

Obwohl sie sich mitten auf einer Brücke befand, hätte Sheyna vor Schreck beinahe auf die Bremse getreten. »Das fehlte gerade noch!«, schimpfte sie leise. Sie schaltete das Radio aus und fuhr zur nächsten Insel, sah das im Schein der untergehenden Sonne blutrot leuchtende Meer an die Küste schwappen und geriet bei dem Gedanken, statt des Wassers würde sich ein klebriger schwarzer Brei an Land wälzen, kräftig ins Schwitzen. Natürlich hatten sie diese Möglichkeit schon vor zwei Wochen in Betracht gezogen, jeder auf den Keys war nervös geworden, als die Nachricht von der explodierten Bohrinsel vor der Küste von Alabama gemeldet wurde. Alabama war näher als Louisiana, und die Möglichkeit, etwas von dem Öl abzubekommen, war wesentlich größer als damals bei der Explosion der Deepwater Horizon. Dennoch war die Meldung einer möglichen Ölpest ein Schock. International Oil behauptete doch, aus der damaligen Katastrophe gelernt zu haben und das ausfließende Öl wesentlich schneller unter Kontrolle bringen zu können.

»Als ob wir nicht schon genug Probleme hätten«, sagte sie. Wenn sie allein unterwegs war, sprach sie öfter mit sich selbst oder dem kleinen Bären, der an ihrem

Innenspiegel hing. Ein Geschenk von Inter Mailand, dem berühmten italienischen Fußballverein, der im letzten Sommer auf dem Collegegelände trainiert und ein Vorbereitungsspiel gegen die amerikanische Nationalmannschaft ausgetragen hatte. Sie hatten Spalier für die einlaufenden Spieler gestanden und von ihnen einen kleinen Bären im blau-schwarz gestreiften Inter-Trikot bekommen. Seitdem war Sheyna Inter-Fan. Sie hatte das Champions-League-Endspiel auf ESPN2 gesehen und sich Aufzeichnungen von wichtigen Spielen über E-Bay besorgt. Männer wie Timmy hatten dafür kein Verständnis. Vielleicht sollte ich nach Italien auswandern, dachte sie, im Mittelmeer gibt's auch keine Ölplattformen, und Fußball spielen sie dort noch viel besser.

Sie erreichte die Brücke hinter Duck Key und fuhr von der Straße auf den sandigen Parkplatz, der zwischen einem kleinen Palmenhain und der Brücke zum Wasser abfiel. Das Schauspiel des Sonnenuntergangs, der an diesem Abend besonders farbenprächtig ausfiel, wollte sie in Ruhe genießen, vielleicht auch, um ihre Nerven zu beruhigen, bevor sie nach Hause fuhr und sich auf das wichtige Gespräch mit ihren Eltern einließ. Sie nahm einen Schluck aus der Wasserflasche, die sie immer bei sich hatte, und stieg aus. Lauer Wind schlug ihr entgegen, wesentlich stärker als noch vor einer Stunde, als sie sich in Homestead einen Cheeseburger gegönnt hatte.

Außer ihr parkten noch zwei andere Wagen auf dem Parkplatz. Ein älteres Ehepaar, das sich wie ein junges Liebespärchen an den Händen hielt und versonnen lächelte, und ein jüngeres Paar, das sich im Wasser tummelte. »Wir haben auf den Keys geheiratet«, erfuhr Sheyna von dem älteren Ehepaar, als sie die beiden mit einem freundlichen Nicken begrüßte. »Ist eine ganze Weile her.«

Sheyna trat bis dicht ans Wasser heran und kniff die Augen gegen den böig auffrischenden Wind zusammen. Dieses Wetter war wie geschaffen für die Segelboote vor der Küste, und das Rauschen der Palmen war die ideale Begleitmusik für die blutrote Sonne, die rasend schnell am fernen Horizont versank.

Gerade als sie verschwand und nur noch ihr roter Widerschein die Wolken färbte, tönte ein spitzer Schrei über das Wasser. Die junge Frau stieg in panischer Angst aus dem Meer, so schnell, als wäre sie gerade einem weißen Hai begegnet, gefolgt von ihrem gut aussehenden Freund, der ebenso verstört wirkte und rief: »Abbie! Was ist passiert? Sag doch was, Abbie!«

Das Mädchen hielt ihre Arme in die Höhe. »Sieh dir das an! Lauter Ölflecken! Daran ist diese Bohrinsel schuld! Das krieg ich doch nie mehr ab!«

»Unsinn! So schnell kann das Öl gar nicht hier sein, selbst wenn der Wind es nach Florida treibt.« Er betrachtete die Arme seiner Freundin und schüttelte den Kopf. »Das kommt bestimmt von einem Außenborder oder von einem der Jet-Skis, die vorhin hier vorbeigekommen sind. Die verlieren öfter Öl.«

»Das Zeug klebt wie verrückt!«

Er nahm sein Handtuch, tauchte es ins Wasser und rieb ihr das Öl von den Armen. Nur ein paar Flecken, mehr waren es tatsächlich nicht, aber genug, um Sheyna erneut aus der Ruhe zu bringen. Sie verabschiedete sich von dem älteren Ehepaar, das ebenfalls ernst geworden war, und stieg in ihren Wagen.

2

Im »Happy Pelican« saßen nur ein paar Touristen, als sie ihre Eltern begrüßte. Das mochte daran liegen, dass die Hurrikansaison bereits begonnen hatte und im September immer weniger Gäste kamen, es hatte aber sicher auch mit der wirtschaftlichen Lage und der Bedrohung durch das auslaufende Öl zu tun. Die Katastrophe im Golf war das Schlimmste, was den Küstengebieten im Süden passieren konnte, auch wenn Florida noch gar nicht betroffen war.

»Hast du gehört, dass der Ölteppich auf unsere Küste zu treiben soll?«, klagte ihr Vater, nachdem er sie in die Arme geschlossen und begrüßt hatte. Bobby Kendall war ein übergewichtiger Mann mit gerötetem Gesicht und wachen Augen. Über seinem Bauch spannte sich die weiße Kochjacke. »Als ob wir mit der Krise noch nicht genug am Hals hätten! Aber nein, dann muss auch noch diese blöde Bohrinsel explodieren. Und wer bezahlt uns den Ausfall?«

»Jetzt überfall sie doch nicht gleich mit unseren Problemen«, erwiderte ihre Mutter. Crystal Kendall war eine selbstbewusste Frau mit kurzen Haaren, die sich manchmal wie eine Mutter um ihren in praktischen Dingen eher unbeholfenen Mann kümmerte. Den Bootsverleih hatte sie ganz allein auf die Beine gestellt. »Lass uns morgen darüber reden. Kümmere dich lieber um deinen Barsch, sonst laufen uns die letzten Gäste auch noch davon.« Sie sagte es mit einem gewissen Galgenhumor, der aber keinen zum Lachen brachte.

Bobby Kendall nickte betrübt. »Du hast recht, wir reden morgen früh. Wie wär's mit frischem Grouper, Sheyna? Oder magst du keinen Zackenbarsch mehr? Leicht paniert, mit Brokkoli und Mais?«

Sie aß an diesem Abend nur wenig, unterhielt sich mit ihrer Mutter über belanglose Dinge und amüsierte sich über die neugierigen Blicke der Gäste, die vermutlich darüber rätselten, zu welchem Football- oder Baseballverein die Farben ihres T-Shirts passten. Als einer der Männer von der Toilette kam, blieb er an ihrem Tisch stehen und sagte: »Entschuldigen Sie, wenn ich Sie anspreche, Miss, aber so ein Trikot habe ich noch nie gesehen. Kanadisch?«

»Italienisch«, erwiderte sie lächelnd. »Inter Mailand,

einer der erfolgreichsten europäischen Fußballklubs. Sie haben die Champions League gewonnen.«

»Champions League?« Davon hatte er anscheinend noch nie gehört. »Sorry, aber ich bin Football-Fan. Miami Dolphins. Spielen Sie auch … Fußball?«

»Offensives Mittelfeld … Miami-Dade«, antwortete sie.

In dieser Nacht schlief Sheyna nur wenig. Die aufgesetzte Fröhlichkeit ihrer Eltern ließ vermuten, dass ihre finanzielle Lage noch bedrohlicher war, als sie angenommen hatte, und eine weitere Beeinträchtigung durch die Ölpest sie in ernsthafte Schwierigkeiten bringen konnte. Weder ein Restaurant noch ein Bootsverleih florierten, wenn ölverseuchtes Wasser ans Ufer schwappte.

Sie öffnete die Augen. Ihre Eltern hatten ihr Zimmer nicht verändert, sogar die Poster der Black Eyed Peas und der amerikanischen Fußballnationalmannschaft der Frauen hingen noch an der Wand. »Damit du immer ein Zuhause hast, wenn du auf die Keys kommst«, hatte ihre Mutter gesagt. Sie ließ ungern los, hing nicht nur an ihrem Mann und ihrer Tochter, sondern auch an unscheinbaren Dingen wie ihrem alten Wecker und dem Plüschdelfin, den sie vor vielen Jahren aus SeaWorld mitgebracht hatte. Ein Bankrott und ein Umzug in eine kleinere Wohnung würden ihr schwer zu schaffen machen.

Von diesen quälenden Gedanken geplagt schlug

Sheyna die Decke zurück und stand auf. Die Wohnung ihrer Eltern lag über dem Restaurant im ersten Stock des modernen Blockhauses und hatte den einzigen Fehler, dass selbst spätnachts noch der intensive Duft von gebratenem Fisch aus der Küche heraufzog, entweder durch die offenen Fenster oder die Klimaanlage. Dafür war sie sehr geräumig, und von den Fenstern auf der Westseite hatte man einen grandiosen Ausblick auf den Golf von Mexiko. Manche Gäste kamen nur wegen des Sonnenuntergangs oder um den Pelikanen am Bootsanleger zuzusehen. Das Restaurant hatte riesige Panoramafenster. Ihr Vater hatte sogar einen Cocktail für die Sonnenanbeter kreiert: den Sundown Special.

Bei dem Gedanken an ihren ersten Sundown Special und ihren ersten Schwips musste sie lächeln. Es war schon einige Jahre her, aber wenn sie die Augen schloss, sah sie die Bilder noch genau vor sich: ihr Vater, wie er sagte: »Aber nur einen winzigen Schluck!«, und ihre Mutter, die ihm das Glas aus den Händen nahm und schimpfte: »Lass den Unsinn, Bobby! Sie ist doch noch ein Kind! Das Zeug ist stark genug, um einen Elefanten zu fällen!« Was dazu führte, dass er die Alkoholmenge in dem Drink um die Hälfte reduzierte.

Sie trat ans Fenster und blickte auf das dunkle Meer hinaus. Das Holzhaus stand auf einer Landzunge und war an drei Seiten von Wasser umgeben, es gab einem das Gefühl, auf einer einsamen Insel in der Karibik zu sein. Auf dem schmalen Strand vor dem Haus wuchsen Palmen, und im schwachen Licht einer Straßenlampe ließen die Bougainvilleen ihre Farbenpracht erahnen.

Doch das Meer war schwarz, erstreckte sich dunkel und bedrohlich unter dem bewölkten Himmel, an dem selbst der Mond sich bedeckt hielt und nur einen schwachen hellen Fleck auf das Wasser zauberte. Die Wolken waren am frühen Nachmittag aufgezogen wie fast an jedem Tag im Herbst, hielten sich aber hartnäckiger als sonst und ließen das Meer kalt und bedrohlich erscheinen. Nachts änderte sich der Charakter des Meeres. Tagsüber noch grünblau und verlockend, wurde es nachts zu einer dunklen Wüste, die nach Meinung der alten Seefahrer bis in den Schlund der Hölle führte. Wie der dunkle Ölschlamm, der an die Küste von Alabama schlug, wälzten sich die Wassermassen durch die Nacht, schwappten gegen die steinerne Begrenzungsmauer.

Am Labor-Day-Wochenende vor drei Jahren war sie mit ihren Eltern in Alabama gewesen. Auf dem Weg nach New Orleans hatten sie in Mobile übernachtet und waren am frühen Morgen über Dauphin Island gefahren. Die Autofähre war dicht an den Bohrinseln vorbeigeglitten, stählernen Skeletten, die das »schwarze Gold« aus der Tiefe pumpten und bedrohlich aus dem Wasser ragten. Kaum vorstellbar, welches Chaos die Explosion eines dieser Ungetüme angerichtet hatte, auch die Bilder im Fernsehen konnten es nicht vermitteln. Der Strand, bisher einer der schönsten in Alabama, wurde von pastellfarbenen Ferienhäusern gesäumt, und sie erinnerte sich noch an die Worte ihres Vaters: »Hier sollten wir ein Restaurant aufmachen.« Jetzt war der Strand gesperrt und im weißen Sand verendeten ölverklebte Möwen und Pelikane.

Sie riss sich vom Anblick des Meeres los, zog ihren Bademantel und ihre Hausschuhe an und stieg ins Restaurant hinunter. Wie meist, wenn sie zu Hause war und Durst verspürte, zapfte sie sich eine eiskalte Cola. Sie lehnte sich an den Tresen der langen Bar und ließ ihren Blick nachdenklich durch das leere Restaurant schweifen. Vor einer der Lampen, die vor den Panoramafenstern aus dem Boden ragten, bewegten sich die Blätter einer Palme im Nachtwind und ließen das Licht in unruhigen Mustern über den Holzboden flackern. Weit draußen auf dem Meer leuchteten die Positionslichter eines Frachters.

»Trinkst du immer noch so gerne Cola?«, erklang die Stimme ihrer Mutter in der offenen Tür. Auch sie trug ihren Bademantel. »Ehrlich gesagt wäre mir eher nach einem Kaffee zumute, aber dann schlafe ich überhaupt nicht mehr ein.« Crystal Kendall kam herein und setzte sich auf einen der Barhocker. Ihre Stimme klang bedrückt. »Weißt du noch? Früher, wenn alle Tische besetzt waren, warteten hier manchmal dreißig Leute. Es ging uns immer gut, nicht wahr?«

»Ja, Mom, und manche Leute würden sich noch jetzt

alle zehn Finger danach lecken, wenn sie auf den Keys wohnen und täglich hier essen könnten. Geh mal nach Miami, da hetzen sie den ganzen Tag von einem Ort zum anderen. Wie die Leute in New York. Für die leben wir in den Tropen. Wenn ich mit dem Studium fertig bin, will ich auf jeden Fall wieder dicht am Meer wohnen. In Hialeah hab ich zwar nur ein paar Blocks bis zum Strand, aber wenn ich aus dem Fenster blicke, sehe ich nur Häuser, einen Spielplatz, eine Tankstelle und einen Burger King.«

»Du willst wieder auf die Keys ziehen?«, fragte ihre Mutter hoffnungsvoll.

»Auf die Keys, in die Carolinas, nach Kalifornien, vielleicht sogar ganz aufs Meer, auf eines dieser Forschungsschiffe.« Sheyna merkte, dass sie etwas Falsches gesagt hatte, und fügte schnell hinzu: »Aber ich besuche euch, so oft es geht, versprochen. Wo kann ich mir sonst nachts eine Cola zapfen?«

»Wenn wir das Restaurant dann noch haben«, erwiderte ihre Mutter mit einem weinerlichen Unterton. Sie blickte auf den großen Plastikfisch über dem Tresen. »Ich beschwere mich nicht, Sheyna. Wir leben seit vielen Jahren auf den Keys und kamen immer gut über die Runden. Sogar das Geld für dein College konnten wir zusammensparen. Ich liebe die Keys. Du weißt, ich komme aus Nebraska, und da kennt man das Meer nur vom Hörensagen, aber als ich die Keys zum ersten Mal sah, wollte ich nicht mehr weg, auch wenn sie sich in den letzten Jahren sehr verändert haben. Vielleicht liegt es auch daran, dass wir in Schwierigkeiten stecken, an den vielen Imbissbuden und All-you-can-eat-Restaurants, die inzwischen aufgemacht haben.« Sie seufzte leise. »Dennoch wäre es schade, wenn wir alles verlieren würden.«

»Das wird wieder«, versuchte Sheyna ihr Mut zu machen. »Du solltest die Eltern der anderen Studenten hören. Egal in welcher Branche sie sind … alle jammern. Stell dir vor, ihr wärt Immobilienmakler, die sind fast alle pleite.«

»Ich weiß, Sheyna. Aber das hilft uns auch nicht weiter.«

Sie gingen zu Bett, beide entschlossen, wenigstens noch ein paar Stunden zu schlafen, und tatsächlich schlief Sheyna schon wenige Minuten später ein. Sie träumte wirres Zeug, an das sie sich schon beim Aufwachen nicht mehr erinnerte, und vertrieb die bösen Geister unter einer heißen Dusche. Sie zog ihre Jeans und ein frisches T-Shirt an, diesmal mit dem Logo des Miami-Dade-Colleges, und half ihrer Mutter beim Zubereiten des Frühstücks. Ihre Eltern hatten die Aufgaben klar verteilt: Der Vater, obwohl gelernter Koch, stand erst ab Mittag in der Küche, Mutter und Tochter kümmerten sich um das Frühstück.

An diesem Morgen fiel es besonders üppig aus. Rühreier mit Speck, Pfannkuchen mit Sirup und exotische Früchte standen auf dem Tisch, dazu gab es kubanischen Kaffee, kalte Milch und Orangensaft. »Bei mir gibt's meistens nur einen Becher Kaffee und eine Scheibe Toast«, sagte Sheyna, als sie den ersten Bissen von den Pfannkuchen genoss. »Die bescheren mir mindestens ein Kilo mehr, wisst ihr das? Und ich hatte gerade so schön abgenommen.«

Sie saßen auf der Terrasse ihres Restaurants, das erst mittags öffnete, und genossen den Anblick des Meeres, das im Licht der aufgehenden Sonne schon wieder viel freundlicher aussah. Auch wenn der Himmel noch immer bewölkt war und die Sonne noch nicht ihre volle Kraft entfalten konnte. Der frische Morgenwind ließ den überhängenden Stoff der Sonnenschirme flattern und rauschte in den Palmen am Strand. Wie fast überall auf den Keys war der Strand nur schmal und kaum zum Baden geeignet, aber das Riff, das anderthalb Meilen vor der Küste lag, zog zahlreiche Taucher und Schnorchler an.

»Ich wollte dich nicht erschrecken«, sagte Bobby Kendall, während er sich einen zweiten Becher Kaffee einschenkte. »Aber es geht uns wirklich nicht besonders. Vor ein paar Tage waren wir bei unserem Steuerberater, und der sagte uns klipp und klar, dass wir zumachen können, falls es uns nicht gelingt, einen höheren Umsatz zu machen. Ich musste bereits einen Koch und eine der beiden Bedienungen entlassen und die Speisekarte verkleinern. Mom hilft, wo sie kann, aber sie hat mit dem ganzen Bürokram genug am Hals.

Ich weiß, ich weiß, die Wirtschaftskrise ist noch lange nicht zu Ende, auch wenn die Politiker was anderes sagen, und die Leute jammern überall, außer bei den Fast-Food-Ketten. Aber dass die anderen leiden, macht es auch nicht besser. Fakt ist, dass die Touristen wegbleiben, du brauchst dir nur die Buchungen der Hotels anzuschauen, und was glaubst du, wie viele Leute ihre Reservierung stornieren, wenn wir erst das Öl hier haben. Sobald das Öl an der Küste von Florida auftaucht, kannst du die Keys vergessen … und uns dazu.«

Sheyna trank einen Schluck Kaffee. »Ihr macht das schon, Dad. Zur Not stellst du auf All-you-can-eat für fünf Dollar fünfundneunzig um, das lockt Kunden an, und abends gibt's den ersten Cocktail gratis, das zieht immer. Wie wär's montagabends mit Football im Fernsehen? Ist zwar ein bescheuerter Sport, aber die Männer trinken eine Menge Bier, wenn die Spiele laufen, und Hamburger und Chicken-Nuggets hast du sowieso drauf. Den ›Happy Pelican‹ wird's immer geben, da bin ich ganz sicher, und ich bin ja auch noch da. Ich könnte während der Semesterferien beim Bedienen helfen, und wenn es hart auf hart kommt, könnte ich auch mal ein Semester aussetzen und bei euch arbeiten …«

»Kommt gar nicht infrage!«, unterbrach sie ihr Vater. »Du kümmerst dich nur um dein Studium und erledigst in den Ferien deine Seminararbeiten. Das gilt auch für dieses Wochenende. Wenn ich mich richtig entsinne, hast du was von einem Referat über die Wasserbeschaffenheit vor den Keys erzählt. Ich hoffe, du findest kein Öl im Wasser.« Er erschrak über seine eigenen Worte und trank rasch von seinem Kaffee. »Nein, Sheyna, dein Studium unterbrichst du auf keinen Fall. Das Geld fürs College haben wir auf einem gesonderten Konto deponiert. Hab keine Angst! Allerdings … und deshalb wollten deine Mutter und ich heute Morgen mit dir sprechen …« Er wischte sich den Schweiß mit der Serviette von der Stirn und seufzte verlegen. Es fiel ihm sichtlich schwer, ihr die Wahrheit zu sagen. »Allerdings können wir dir nicht mehr so viel Geld wie bisher überweisen. Für die Miete reicht es noch, aber den Rest musst du selbst verdienen. Meinst du, du schaffst das, Sheyna?«

Sie hatte eine solche Entscheidung erwartet und antwortete sogar mit einem Lächeln. »Natürlich schaffe ich das, Dad. Statt zwei- oder dreimal arbeite ich dann einfach die ganze Woche bei Starbucks. Den Rummel in South Beach mach ich sowieso nicht mit. Und mit den Männern hab ich auch abgeschlossen. Vorerst jedenfalls. Einem Typen wie Timmy gehe ich nicht mehr auf den Leim. Kann sein, dass ich altmodisch bin, aber ich will mein Studium so gut wie möglich abschließen, damit sie mich in einem der großen Forschungsinstitute nehmen. Die sehen sich die Zeugnisse genau an, bevor sie eine wie mich einstellen.«

»Wenn wir wieder im Plus sind, überweisen wir dir wieder etwas«, versprach ihr Vater. »Selbst wenn wir das

Restaurant verlieren sollten, gehen wir nicht unter. Als Koch finde ich immer einen Job, wenn alles schiefläuft, auch im Red Lobster oder bei einer anderen Restaurantkette. Und Mom könnte …«

»Ich würde mich sogar in einem Supermarkt an die Kasse setzen, bevor ich auf die Straße gehe und bettele«, schnitt sie ihm das Wort ab. »Mach dir um uns keine Sorgen, Sheyna! Konzentriere dich ganz auf deine Arbeit, hörst du?«

»Sicher, Mom.«

»Und du bist sicher, dass dir die Arbeit bei Starbucks nicht zu viel Zeit nimmt?«, fragte ihr Vater immer noch unsicher. »Fünf Abende sind viel.«

»Sieben Abende«, verbesserte sie ihn, »ich kann sieben Abende bei ihnen arbeiten. Mir macht das nichts aus, andere arbeiten noch mehr.« Sie nippte lächelnd an ihrem Kaffee. »Und meinen Caffè Latte kriege ich auch umsonst.«

»Dann ist ja alles in Butter«, freute sich ihr Vater. Er gehörte zu den Menschen, die ein harmonisches Umfeld brauchten, um erfolgreich arbeiten zu können. »Vielleicht kriegen wir den ›Happy Pelican‹ ja doch noch auf die Beine. Diese Krise kann schließlich nicht ewig dauern, und jeden Tag einen Burger hält kein Mensch aus. Sorgen macht mir nur diese Ölpest. Kam heute Morgen was Neues in den Nachrichten?«

Crystal Kendall hatte stets den Fernseher laufen, solange ihr Mann duschte, und wusste Bescheid: »Es hängt alles vom Wind ab, sagen sie, zurzeit sei kein Sturm im Anrollen, und je länger das Öl im Meer treibe, desto schneller werde es sich verflüchtigen. Sagt International Oil. Greenpeace behauptet, im Golf gebe es starke Strömungen, die zumindest einen Teil des Öls an unsere Küste treiben können. Es werde uns nicht so schwer wie Alabama treffen, aber du weißt ja, wie die Leute sind: Keiner springt gerne ins Wasser oder legt sich an den Strand, wenn jeden Augenblick ein Ölklumpen auf seiner Haut kleben kann. Es sähe nicht besonders gut aus.«

»Bessere Nachrichten hast du nicht?«

»Ich kann nur das wiederholen, was ich gehört habe.«

Sheyna dachte an die ölverschmierte Frau vor der Brücke, hütete sich aber, sie zu erwähnen. Wenn das Öl tatsächlich von einem Außenbordmotor oder einem Jet-Ski gekommen war, hatte es wenig Sinn, ihre Eltern damit zu erschrecken. »Im Fernsehen übertreiben sie gern«, sagte sie stattdessen, »das wisst ihr doch. Hier kommt es bestimmt nicht zur Katastrophe. Die Küstenwache hat sicher schon Vorkehrungen getroffen. Hier passiert nichts.«

So schnell die gute Laune ihres Vaters gekommen war, so hastig war sie wieder verflogen. »Dieses Jahr kommt es wirklich knüppeldick.« Er wischte sich den Mund ab. »Wie wär's mit gefülltem Grouper zum Mittagessen?«

»Klingt gut«, stimmte Sheyna ihm zu. Sie stand auf

und stellte die Teller zusammen. »Aber vorher will ich zu den Delfinen raus. Ist schon vier Wochen her, dass ich am Riff draußen war. Außerdem muss ich ein paar Wasserproben nehmen für mein Referat.« Sie sammelte das Besteck ein und lächelte. »Das Angenehme mit dem Nützlichen verbinden, deine Rede, Dad.«

»Du sagst es. Aber bleib nicht zu lange, heute soll es Sturm geben.«

»Ich passe auf, Dad.«

3

In einem der kleineren Boote, die ihre Eltern an Touristen vermieteten, fuhr Sheyna zum Riff hinaus. Über dem Badeanzug trug sie ihr College-T-Shirt, auch zum Schutz gegen die Sonne, die allerdings ständig hinter Wolken verschwand, und auf dem Kopf hatte sie eine Baseballmütze mit dem Logo der Miami Dolphins. Die Mütze gehörte ihrem Vater, der sich wie die meisten Amerikaner mehr für Football interessierte und noch immer nicht wusste, was die Abseitsstellung war, obwohl er schon bei zwei Fußballspielen ihres Collegeteams zugeschaut hatte. Ihre Taucherausrüstung, darunter eine volle Druckluftflasche, lag im Boot. Außerdem hatte sie eine Flasche Wasser dabei. Sie wollte höchstens zwei Stunden bleiben und brauchte daher weder Proviant noch ein Funkgerät. Das Dolphin Reef lag eine knappe Meile vor der Küste, bei gutem Wetter in Sichtweite des Restaurants.

Sie steuerte mit dem Außenbordmotor und benötigte weder GPS noch einen Kompass, um das Riff zu finden. Während ihrer Highschoolzeit war sie jede Woche mindestens einmal zu den Delfinen hinausgefahren. Sie kannte diesen Teil des Meeres wie ihre Westentasche, hätte das Riff sogar in stockdunkler Nacht gefunden. Damals war sie meist mit Emily rausgefahren, ihrer beste Freundin aus der Highschool, aber seit sie aufs College ging und Emily in der Bootswerkstatt ihres Vaters arbeitete, hatten sie sich aus den Augen verloren. Obwohl Sheyna gelernt hatte, dass man aus Sicherheitsgründen niemals allein tauchen sollte, war sie erfahren genug, einen kurzen Tauchgang auch ohne Begleitung durchzuführen. Das Riff lag keine zehn Fuß tief und sie würde dicht unter der Wasseroberfläche bleiben.

Die Augen gegen den Fahrtwind und die spritzende Gischt zusammengekniffen, fuhr Sheyna nach Osten, zuerst langsam, wie es Vorschrift war, und der Fahrrinne folgend, die durch grüne und rote Markierungen begrenzt war und vom Hafenbecken aufs offene Meer führte, und dann so schnell, dass es den Bug des kleinen Bootes nach oben hob und ihr T-Shirt schon nach wenigen Sekunden klatschnass war. Auf dem College in Hialeah war kaum Zeit für solche Abenteuer, und sie genoss jede Sekunde der stürmischen Fahrt. Allein für solche Augenblicke lohnte es sich zu leben, den Wind im Gesicht, das salzige Wasser auf den Lippen, selbst der Gestank des Motors gehörte dazu. Auch ohne den strahlend blauen Himmel, den man auf den Ansichtskarten sah, fühlte sie sich frei und unbeschwert, vergessen waren die Sorgen ihrer Eltern und die Bedrohung der Küste durch den Ölteppich. Die wenigen Sonnenstrahlen, die sich zu einem leuchtenden Fächer vereint hatten und silberne Muster auf das bleifarbene Meer zauberten, waren der beste Beweis dafür, dass sich die Sonne auch durch dichte Regenwolken nicht vom Himmel vertreiben ließ.

Sie nahm etwas Gas weg, um besser sehen zu können, und blickte zu dem Riff, das keine Viertelmeile entfernt vor ihr lag. Normalerweise sah sie die Delfine schon aus dieser Entfernung springen. Solange sie denken konnte, hielten sich die Meeressäuger an dem Korallenriff auf, hauptsächlich wegen der reichen Fischgründe, und jedes Mal, wenn sie sich ihnen genähert hatte, waren sie aus dem Wasser gesprungen und hatten ihre Kunststücke aufgeführt. Nicht weil sie dazu gezwungen wurden wie in SeaWorld und anderen Wasserparks, sondern weil es ihnen Spaß machte. Delfine entwickeln einen natürlichen Spieltrieb, so hatte sie im nahen Dolphin Research Center erfahren, in dem gestrandete und verletzte Delfine versorgt wurden und Meeresbiologen und andere Wissenschaftler das Verhalten der Tiere studierten. Ausgebildete Trainer förderten den Spieltrieb der intelligenten Tiere, ohne sie zu irgendwelchen Kunststücken zu zwingen. Sie benutzten die Delfine sogar zur Therapie für behinderte und kranke Kinder, ließen sie mit ihnen schwimmen und in ihrer Gesellschaft auf andere Gedanken kommen.

Diesmal ließen sich die Delfine nicht blicken. Tief in ihrem Inneren behauptete eine leise Stimme, das ausgetretene Öl hätte etwas mit dem Verschwinden der Tiere zu tun, doch sie weigerte sich, ihr zuzuhören, aus Angst und auch aus Trotz, denn irgendwo mussten ihre Delfine ja sein. »Ihre« Delfine, so nannte sie die sechs oder sieben Tiere, die sich vorzugsweise am Dolphin Reef aufhielten, schon seit einigen Jahren. Es waren immer dieselben Tiere, denen sie begegnete, da war sie ganz sicher. Wie jeder Mensch, der viel mit Tieren zu tun hat, erkannte sie die Delfine an ihrem Gesichtsausdruck, ihrem Charakter und anderen Merkmalen, die einem anderen vielleicht gar nicht aufgefallen wären.

Sie fuhr näher an das Riff heran, stellte den Motor ab und warf den Anker aus. Die plötzliche Stille umgab sie wie ein schützender Mantel. Nur der Wind und das leise Schwappen des Wassers gegen die Bootswand waren zu hören. Weit draußen auf dem Meer regnete es, als dunkle Schatten hob sich der Regen gegen das Sonnenlicht ab, das zwischen den Wolken hindurchfiel. Ein schwacher Regenbogen leuchtete über dem dunklen Wasser. Der Wind kam zwar aus Süden, aber um ganz sicherzugehen, würde sie ihren Tauchgang wohl verkürzen müssen. Zehn Minuten, um nach den verschwundenen Delfinen zu suchen, mussten genügen. Dann würde sie nach Hause fahren. Sie wusste selbst am besten, wie unberechenbar das Wetter in dieser Klimazone sein konnte.

Von innerer Unruhe geleitet blies sie die kleine Boje mit der »Diver Down«-Flagge auf, und band sie ans Boot. Die rote Flagge mit dem weißen Längsstreifen zeigte an, dass sich ein Taucher im Wasser befand, und ermahnte alle Bootsführer zur Vorsicht. Sie legte die Tauchausrüstung an und checkte den Lungenautomaten und die Anzeige der Druckluftflasche. Nach einem kurzen Blick auf das Meer, das immer noch keine Anzeichen von Leben zeigte, spuckte sie in ihre Tauchermaske und spülte sie mit Wasser aus, um das Sichtfeld gegen ein plötzliches Beschlagen zu sichern. Mit den Flossen an den nackten Füßen zog sie die Maske übers Gesicht und sprang ins Wasser.

Obwohl die Sonne nur stellenweise durch die Wolken brach und es unter Wasser nicht so hell war wie sonst, brauchte sie nicht lange, um sich zu orientieren. Schon nach wenigen Augenblicken fühlte sie sich wieder heimisch unter Wasser. Es war wie mit dem Radfahren, selbst nach einigen Wochen Pause brauchte man keine Eingewöhnungszeit. Als angehender Meeresbiologin war ihr das Meer so nahe wie die übrige Welt und in gewisser Weise sogar noch näher. Sie war mit den starken Strömungen vor der Küste vertraut, kannte die Tiere, die in den Tiefen des Meeres beheimatet waren, und wusste auch um die Gefahren, die in den Meeren lauerten. Wie ein Pilot, der weit über der Erde seine eigentliche Heimat sah, fühlte sie sich unter Wasser zu Hause, hier unten spürte sie die Stille und den Frieden, den sie in einer hektischen Großstadt wie Miami niemals finden würde, von New York oder Los Angeles ganz zu schweigen. Das Meer war ihr Fluchtpunkt, weit draußen auf dem Wasser oder unter der Oberfläche; in Gesellschaft von farbenprächtigen Korallen und tropischen Fischen lag ihr eigentliches Paradies.

Mit rhythmischen Bewegungen tauchte sie auf das Riff zu. Sie war besorgt, hatte Angst, dass ihre Delfine im verbotenen Schleppnetz eines Fischers oder in den Schrauben eines Frachters umgekommen waren, tröstete sich aber mit dem Gedanken, sie könnten sich eine neue Spielwiese an irgendeinem anderen Riff gesucht haben. Delfine waren dafür bekannt, dass sie Schiffen folgten und durch die Bugwellen sprangen, das unruhige Wasser im Umkreis eines großen Kreuzfahrtschiffes oder Frachters genossen. Vielleicht waren sie einem Schiff gefolgt und trieben sich irgendwo auf dem Meer herum.

Wären sie am Riff gewesen, hätten sie sich ihr längst genähert. Delfine benutzen bestimmte Klicktöne zur Echolotung, sie richten die Laute gebündelt auf ein

Ziel in ihrer Umgebung und empfangen ihr Echo, indem die zurückkehrenden Schallwellen durch ihr geöffnetes Maul in den Innenohren landen. Wie bei einem U-Boot, das Sonartöne aussendet. Sie hätten ihr Boot schon vor der Ankunft entdeckt und wären neugierig näher gekommen, um es in Augenschein zu nehmen. Auf diese Weise suchen es auch ihre Beute. Und weil sie auch besonders gut sehen können, wäre auch sie schon längst in ihrem Blickfeld gelandet. Sie hätten sich durch bestimmte Pfeiftöne verständigt, die »Sprache der Delfine«, wie es die Angestellten im Dolphin Research Center nannten, und hätten sie fröhlich begrüßt wie einst der berühmte Flipper.

Sie kannte die Fernsehserie, die in den 1960er-Jahren gelaufen war, nur von einer DVD, die sie für wenig Geld bei E-Bay ersteigert hatte. Flipper war ein superschlauer Delfin, der zwischen Gut und Böse unterscheiden konnte, bei der Verbrecherjagd half und in Seenot geratenen Menschen aus der Patsche half. In der Dokumentation, die ebenfalls auf der DVD war, hatte sie erfahren, dass es tatsächlich schon vorgekommen war, dass Delfine einen Schiffbrüchigen an Land geschleppt hatten. So schlau wie Flipper, der von fünf verschiedenen Delfinen gespielt worden war, waren sie natürlich nicht, aber einige Wissenschaftler sprachen ihnen eine menschenähnliche Intelligenz zu.

Das Delfinweibchen, mit dem sie am besten ausgekommen war, hieß Teresa. Sheyna hatte sie nach einer

Schauspielerin benannt, der hübschen Darstellerin in einer Seifenoper, die sie während ihrer Highschoolzeit verfolgt hatte. Teresa war von kindlichem Gemüt und etwas naiv gewesen, war ständig auf machohafte Männer hereingefallen, so wie sie auf Timmy, und von ihnen ausgenutzt worden. In den letzten Folgen der Serie hatte sie einen netten Mann kennengelernt, war von allen Freundinnen ausgelacht worden, weil ihr neuer Freund keinen Penny besaß, bis sich herausgestellt hatte, dass er der Sohn eines reichen Immobilienbesitzers war und sich mit voller Absicht nicht geoutet hatte. Keine Frau sollte ihn wegen seines Geldes heiraten. Die prächtige Hochzeit war der glanzvolle Höhepunkt der Serie gewesen.

Teresa, die Delfindame, hatte einen ähnlich fröhlichen Gesichtsausdruck wie ihre menschliche Namensvetterin, auch ihre Augen schienen ständig zu leuchten. Wie alle Delfine trug sie ein Lächeln im Gesicht. Teresa war der spielerischste Delfin der »Schule«, wie man die Gruppen nennt, in denen Delfine leben, vollführte die tollsten Saltos, wenn Sheyna in der Nähe war, und sprang nach Herzenslust durch das aufgewühlte Wasser. Manchmal hatte Sheyna sogar das Gefühl, dass der männliche Anführer der Schule, dem sie keinen Namen gegeben hatte, eifersüchtig auf sie war. Einmal war er misstrauisch um sie herumgeschwommen und das Lächeln war für einen Augenblick aus seinem Gesicht verschwunden. Das bildete sie sich jedenfalls ein.

Ebenso Einbildung war wahrscheinlich, dass er sie als weibliches Wesen erkannt hatte. Die anderen Delfine, ebenfalls Weibchen, waren ähnlich verspielt wie Teresa, aber nicht so sprungbegabt und auch nicht so zutraulich wie sie.

Zögernd tauchte sie näher an das Riff heran. Über ihr war die Sonne durch die Wolken gebrochen, und die Korallen erstrahlten in ihrem farbenprächtigen Glanz, ein riesiges Kunstwerk aus den verschiedensten Formen und Farben, wie es selbst ein Bildhauer nicht schöner hätte erschaffen können. Denn diese Korallen lebten, sie waren tatsächlich Lebewesen, die wie ein exotischer Blumengarten auf dem flachen Meeresboden verankert waren und ihre skelettartigen Gliedmaßen in der Strömung bewegten.

Allein der Anblick eines solchen Riffs verzauberte einen Taucher und Schnorchler, doch noch interessanter war die Vielzahl von farbenprächtigen und exotischen Fischen, die sich an einem solchen Riff tummelten. Den Sergeant-Major-Fisch mit seinen gelb-schwarzen Streifen mochte sie am liebsten, mit blau-schwarzen Streifen hätte er zum Maskottchen für Inter Mailand werden können. Sie lächelte bei dem Gedanken, wurde aber gleich wieder ernst, denn weder ein Sergeant-Major noch irgendein anderer Fisch war an dem Riff zu sehen. Als wäre alles Leben in diesem Teil des Meeres erloschen. Sogar die Korallen schienen sich in der starken Strömung kaum zu bewegen.

Sie tauchte über das Riff hinweg, sah einige Krebse und andere Kriechtiere im weißen Sand, aber keinen einzigen Fisch. Am anderen Ende des Riffs angekommen ließ sie sich von der Strömung über die Korallen hinwegtreiben und tauchte mit dem fließenden Wasser zu einem kleineren Riff, das sich ungefähr eine Viertelmeile über den Meeresboden erhob. Dort bot sich ihr das gleiche Bild. Kein tropischer Fisch, nicht mal ein Ammenhai oder eine Schildkröte, nicht die geringste Spur des üppigen Lebens, das sich normalerweise an einem solchen Riff tummelte. Verstört tauchte sie zurück, sah sich plötzlich von einem Schwarm bunter Fische umgeben, die blitzschnell aus der Dunkelheit des Meeres auftauchten, sie sekundenlang wie eine Wolke einhüllten und in hektischen Bewegungen in östlicher Richtung entschwanden.

Verwirrt trat sie auf der Stelle und blickte dem Schwarm nach. Die winzigen Fische waren längst nicht mehr zu sehen. Nur das Plankton, das sie aufgewirbelt hatten, tanzte noch in der Strömung. Sie hielt nach einem Jäger Ausschau, der die Fische verstört haben könnte, sah aber nur die dunklen Umrisse des größeren Riffs und hörte auch keine Schiffsschrauben, die den Fischschwarm ebenfalls vertrieben haben könnten. Angestrengt darüber nachdenkend, was es noch für einen Grund für das ungewöhnliche Verhalten der Fische geben konnte, machte sie sich auf den Rückweg. Wieder öffnete sich der Himmel über dem Wasser, und ein

Bündel leuchtender Sonnenstrahlen grub sich in die Tiefe, ließ sie die pechschwarzen Schlieren erkennen, die aus derselben Richtung wie der Fischschwarm kamen und sich als dunkle und schmutzige Wolken gegen die farbenprächtigen Korallen abhoben. Wie der schmutzige Auswurf eines unsichtbaren Wesens, das ausgezogen war, alles Leben im Meer zu vernichten, ließen sie sich von der Strömung nach Osten treiben. Sie versuchte den Schlieren auszuweichen, konnte aber nicht verhindern, dass sie mit einigen der dunklen Wolken in Berührung kam. Der dunkle Auswurf setzte sich als klebrige schwarze Masse auf ihren Armen und Beinen fest.

Das Öl, durchschoss es sie siedend heiß. Der Nachrichtensprecher hatte nicht übertrieben. Der Ölteppich war mit der starken Meeresströmung nach Osten getrieben und hatte die Küste von Florida erreicht. Bis zu den Keys und sogar auf die Atlantikseite der Inseln war das Öl vorgedrungen. Wie Waldtiere vor einem Feuer flohen Meeressäuger und Fische vor der tödlichen Bedrohung und retteten sich in die weniger bedrohten Gegenden des Meeres, wenn es die überhaupt noch gab. Das erklärte auch, warum die Delfine und ihre geliebten Sergeant-Major-Fische vom Dolphin Reef verschwunden waren. Sie waren vor dem Ölteppich geflohen und hoffentlich irgendwo in Sicherheit.

Delfine sind intelligent, tröstete sie sich, während sie mit paddelnden Beinen zu ihrem Boot zurückkehrte.

Sie hatten noch vor allen anderen Lebewesen gemerkt, welche tödliche Gefahr sich ihnen näherte, und waren rechtzeitig geflohen. Delfine sind in der Lage, über hundert Meilen an einem Tag zurückzulegen, sie waren wahrscheinlich längst in der Karibik. Kein Grund, sich um die Tiere zu sorgen. Wenn es jemand geschafft hatte, sich vor dem Öl in Sicherheit zu bringen, dann sie. Sobald die schwarze Gefahr gebannt war, würden sie zum Dolphin Reef zurückkehren und wieder für sie springen.

Sie erkannte den Rumpf ihres Bootes über sich und drehte sich noch einmal um. Wie die Fangarme eines körperlosen Wesens, das nur aus schwarzem Blut bestand, breiteten sich die Schlieren nach allen Seiten aus. Sie tauchte nach oben und kletterte ins Boot, nahm die Maske vom Gesicht und den Lungenautomaten aus dem Mund. Nachdem sie gierig die frische Luft eingesogen hatte, entledigte sie sich der Druckluftflasche und der Flossen. Sie verstaute die Ausrüstung in einem Kasten, griff nach ihrem Handtuch und merkte zu ihrem Entsetzen, dass das Öl so fest wie Wagenschmiere an ihrer Haut klebte und sie eine Wurzelbürste brauchen würde, um es loszuwerden. Sie versuchte es trotzdem mit dem Handtuch und warf es wütend zu Boden, als sie erkannte, dass es verschmutzt und verklebt und nicht mehr zu gebrauchen war.

Angewidert streifte sie ein frisches T-Shirt über, diesmal ohne Aufdruck und so weiß, als wollte es sich bewusst von der schwarzen Schmiere abheben. Sie blieb eine Weile stehen und blickte auf das Meer, sie sah nicht die geringsten Spuren von dem Öl. Ganz im Gegenteil, von oben sah das Meer wie immer aus, bleifarben und unnahbar, weil kaum die Sonne schien, aber ohne einen Hinweis auf die drohende Gefahr, die unter der Wasseroberfläche lauerte. Der Ölteppich strömte mit den tiefen Strömungen an die Küste von Florida und entging so den Chemikalien, die International Oil im weiten Umkreis der explodierten Ocean Queen auf dem Meer verstreute. Er schlich sich sozusagen »undercover« an die Keys heran. Wie ein U-Boot, das sich einer feindlichen Küste näherte, nur wesentlich heimtückischer und gefährlicher. Auch auf den Florida Keys musste dringend etwas geschehen, wenn man verhindern wollte, dass die Natur vollkommen zerstört wurde. Denn mit der Natur zerstörte man auch den Lebensraum und die Lebensgrundlage vieler Menschen, man würde eine ganze Region dem Chaos überlassen so wie nach dem Hurrikan in New Orleans.

Sheyna zog am Starterseil des Außenbordmotors, entlockte ihm damit aber lediglich ein kurzes Tuckern. Sie versuchte es erneut, brachte ihn für ein paar Sekunden zum Laufen, bis er erneut verstummte. Sie klappte die Schutzhaube ab und warf einen Blick auf die Zündkerzen, säuberte die Benzinleitung und den Vergaser mit einem Lappen und startete ein weiteres Mal, wieder vergeblich. Sie war keine Mechanikerin, verstand aber genug von Motoren, um zu erkennen, dass ihr Außenborder nur in einer Werkstatt repariert werden konnte. »Verdammt, auch das noch!«, fluchte sie wütend. Sie zog den Anker hoch, griff nach dem Paddel, das für solche Fälle auf dem Boden lag, und machte sich auf den Rückweg.

4

Wie so oft im südlichen Florida änderte sich das Wetter innerhalb weniger Minuten. Sheyna hatte gerade erst das Boot gewendet und die ersten Paddelschläge hinter sich, als dunkle Wolken aus dem Westen heranzogen und sich über ihr zu einer bedrohlichen Wand vereinten. Böiger Wind fegte über das Meer und brachte ihr Boot vom Kurs ab, drückte mit solcher Wucht dagegen, dass sie auch mit kräftigen Paddelschlägen nicht dagegen ankam. Wie von der Hand eines Riesen geschoben trieb sie unablässig von der Küste weg.

Gleichzeitig öffnete sich der Himmel und schwere Regentropfen prasselten herab. Ein tropischer Regensturm, der um diese Jahreszeit fast jeden Nachmittag über die Keys brauste, heftigen Wind und gewitterartigen Regen brachte, aber meist schon nach wenigen Minuten vorüber war und von strahlendem Sonnenschein abgelöst wurde. Warum er diesmal früher kam, wusste sie nicht. Der Wetterdienst hatte wechselhaftes Wetter und starken Regen erst für den Spätnachmittag angekündigt, und es gab über der Karibik auch keinen Hurrikan, der sie mit seinen Ausläufern überraschen konnte. Wahrscheinlich nur ein örtliches Unwetter, das auf die mittleren Keys und wenige Inseln beschränkt war, eine Laune der Natur, der sie zum Opfer fiel.

Innerhalb weniger Sekunden war Sheynas T-Shirt durchnässt. Der Regen löste den Knoten in ihren Haaren und klatschte sie an ihre Wangen und ihren Hals. Als stände sie unter einem Wasserfall, rauschte der Regen unablässig auf sie hernieder, das Wasser lief in ihre Augen und ihre Ohren. Weiße Gischt spritzte zu beiden Seiten ihres Bootes hoch und trieb ihr Schaumfetzen ins Gesicht.

Sie ließ sich nicht beirren, tauchte fluchend das Paddel ins Wasser und versuchte gegen den Wind und den Regen anzukämpfen. Doch sie hatte längst die Orientierung verloren und war auch zu schwach, um das Boot aus der Strömung zu bringen. Sie war in einen Sog geraten, trieb mit der Strömung nach Osten, und der Wind und der Regen taten ein Übriges, um sie vom rettenden Ufer wegzustoßen. Sosehr sie auch paddelte, es hatte keinen Zweck, selbst zwei kräftige Männer hätten es nicht bis zur Küste geschafft.

Sie schob das Paddel unter ihren Sitz und hielt sich mit beiden Händen am Bootsrand fest. Ihr Boot war zu einem Spielball der Wellen geworden und schaukelte bedenklich. Schäumendes Wasser schwappte über den Rand, verteilte sich auf dem Boden und sammelte sich unter ihren nackten Füßen. Die Wellen wurden immer stärker. Beinahe wütend peitschte der Wind über das Meer und wühlte das kühle Wasser auf. Warum sprang der verdammte Motor nicht an? Mit dem Außenborder wäre sie sicher durch den Sturm gekommen.

Sie versuchte es noch einmal, hangelte sich zum Heck, stemmte beide Füße gegen die Bootswand und zog an dem Starterseil. Wieder nur ein Knattern, das gleich darauf verstummte. Noch ein Versuch und noch einer, wieder vergebens. Wenn man es zu oft versuchte, lief zu viel Benzin in den Vergaser und man konnte es gleich sein lassen. So viel verstand sie von Motoren.

Enttäuscht zog sie sich in die Mitte des Bootes zurück und klammerte sich wieder mit beiden Händen an den Bootsrand. Sie musste durchhalten. Das Unwetter würde nicht lange dauern, so ein Regenguss dauerte nie lange auf den Keys, und sobald es wieder ruhiger war, würde sie erneut zum Paddel greifen. Mach dir keine Sorgen, sagte sie sich. Wenn sie nicht zurückkehrte, würden ihre Eltern die Küstenwache alarmieren und man würde nach ihr suchen. Nicht nur die Küstenwache, auch Freunde und Bekannte. Sie kannten beinahe jeden Fischer in Marathon. Man würde sie finden, selbst wenn sie meilenweit aufs offene Meer getrieben war. Die Küstenwache und die Fischerboote hatten Radar.

Solange das Boot nicht kenterte und sie am Leben blieb, bestand kaum Gefahr. Doch das war schwer genug. Der kräftige Wind spielte mit dem leichten Boot, wirbelte es um die eigene Achse, ließ es in ein tiefes Wellental stürzen und zog es wieder heraus, gerade als sie dachte, die nächsten Wellen würden über ihr zusammenschlagen. Einmal legte sich das Boot so stark auf die Seite, dass sie sich bereits ins Wasser stürzen sah und es nur einem überraschenden Windstoß zu verdanken hatte, dass sich das Boot wieder aufrichtete. Um sie herum war es Nacht geworden, und der Regen trommelte unablässig auf sie herab, schlug einen hämmernden Rhythmus zum zornigen Lied des Windes.

Sie hatte keine Ahnung, wie lange sie dem Unwetter ausgesetzt war. Einige Minuten, eine Stunde, noch länger? Es kam ihr wie eine halbe Ewigkeit vor. Als der Regen endlich aufhörte, war sie so erschöpft, als hätte sie mehrere Stunden gegen ein Ungeheuer gekämpft, und als auch der Wind nachließ und die Wolken nach Osten abzogen, hatte sie kaum die Kraft, die Hände vom Bootsrand zu lösen. Sie rutschte von der Sitzbank in das Wasser, das sich im Boot gesammelt hatte, spürte nicht mehr, wie kühl es war, und brach entkräftet zusammen. Erleichtert beobachtete sie, wie die dunklen Wolken verschwanden und die Sonne am Himmel zu leuchten begann. Wie überall in den Tropen und auch in subtropischen Gefilden wie den Florida Keys brannte sie mit solcher Kraft, dass Sheynas T-Shirt schon nach wenigen Minuten wieder knochentrocken war. Die Strahlen wärmten ihren Körper und schenkten ihr neue Kraft, weckten ihre Lebensgeister und gaben ihr den Mut zurück.

Sie zog sich auf die Sitzbank und blinzelte in die Sonne, ließ ihr Gesicht von den warmen Strahlen liebkosen, bis sie sich einigermaßen von dem Schrecken der vergangenen Viertelstunde erholt hatte. Denn nur fünfzehn Minuten hatte der Sturm über diesem Teil des Meeres gewütet, wie ein Wirbelsturm, der über das Land hinwegzieht, nur nicht so wild und so ungestüm.

Sie kämmte ihre Haare mit den Händen zurück, sah das Haargummi, das ihren Knoten gehalten hatte, auf dem Boden liegen und band ihr Haar wieder zusammen. Immer noch schwer atmend griff sie nach der Wasserflasche und nahm einen tiefen Schluck. Wie gut, dass der Sturm die Flasche nicht über Bord gespült hatte. Frisches Trinkwasser war lebensnotwendig, wenn man allein auf dem Meer aushalten musste. Die meisten Schiffbrüchigen starben an Wassermangel oder weil sie Meerwasser getrunken hatten. Sie nahm noch einen großen Schluck.

Nachdem sie die Flasche unter der Sitzbank verstaut hatte, versuchte sie sich zu orientieren. Sie stand auf und blickte in die Runde. Sie kniff die Augen zusammen, um besser sehen zu können, und sah nichts als Wasser. Das Meer, das sie umgab, schien grenzenlos zu sein, erinnerte sie an die Erzählungen von der Entstehung der Erde, als der ganze Planet aus Wasser bestanden hatte. Nicht einmal die Andeutung von Land war zu sehen. Keine Küste, keine Insel, absolut gar nichts. Ihr einziger Orientierungspunkt war die Sonne, die bereits hoch am Himmel stand und sich anschickte, auch die letzten Wolken vom Himmel zu vertreiben.

Sie blickte nach Westen, suchte nach einem Schiff der Küstenwache oder einem Fischer, aber das Meer war leer, erstreckte sich wie ein leicht gewellter Teppich bis zum Horizont. Kein Schatten, der ein näher kommendes Schiff ankündigte, nicht einmal ein kleiner Punkt auf dem weiten Meer. Um sich selbst zu retten, war sie zu weit von der Küste entfernt. Mit dem Paddel war sie viel zu langsam, noch dazu hing ihr Boot immer noch in der Strömung, die sie jetzt langsamer, aber unablässig weiter nach Osten zog. Gegen die Kraft des Meeres kam sie nicht an, auch nicht mit einem Paddel. Sie konnte lediglich hoffen, dass man sie bald fand.

Es war leichtsinnig von ihr gewesen, ohne ein Funkgerät aufzubrechen. Nicht einmal eine Leuchtpistole hatte sie dabei. Wie eine dumme Touristin hatte sie sich dem Meer anvertraut in der Hoffnung, dass es zu keinen bösen Überraschungen kam. Sie hätte es besser wissen müssen. Hier unten war das Meer immer für eine Überraschung gut; selbst in einem Zeitalter, in dem man Hurrikans mit komplizierten Messgeräten verfolgen und ihre Richtung bestimmen konnte, waren plötzliche Unwetter möglich. Und dass die Strömungen vor der Küste unberechenbar waren, wusste sie doch besser als jede andere. In einem Seminar hatten sie ausführlich darüber gesprochen. Immerhin war sie so schlau gewesen, die große Wasserflasche mitzunehmen. Sie würde mindestens drei Tage durchhalten. Zeit genug für die Küstenwache oder ein Fischerboot, um sie zu finden. Sie brauchte keine Angst zu haben, noch nicht.

Um ihr Gesicht vor einem Sonnenbrand zu schützen, zog sie die Mütze tief in die Stirn. Ihre Augen wanderten am westlichen Horizont entlang, auf der ständigen Suche nach einer Küste oder einem Schiff. Noch war sie ruhig. Solange sie noch Wasser hatte, bestand kein Grund, sich Sorgen zu machen. Früher oder später würde man sie finden. Man würde errechnen, wie weit sie abgetrieben war, und in wenigen Stunden auftauchen. Sie konnte in aller Ruhe sitzen bleiben und auf Rettung warten. Dass ein neuer Sturm losbrach, war so gut wie ausgeschlossen, und große Haie, die ganze Boote verschlangen, gab es nur im Kino. Entspann dich, sagte sie sich, ruh dich aus und warte, bis sie dich finden. Du kannst nichts dafür, dass der Motor streikt. Ohne das Unwetter hättest du es mit dem Paddel geschafft, das hattest du immerhin dabei.

Ein winziger Schatten tauchte am westlichen Horizont auf und kam rasch näher. Keines der grauen Patrouillenboote der Küstenwache, eher ein Fischerboot, aber dazu war es zu groß. Ein kleines Motorboot mit zwei Außenbordmotoren. Der Rumpf glänzte weiß in der Sonne, auf der Windschutzscheibe spiegelte sich das Licht. Lauter Motorenlärm durchbrach die Stille.

Sheyna sprang auf und winkte heftig. »Hierher! Hierher!«, rief sie, obwohl die Person im Boot sie nicht hören konnte. Es war ein Mann, so viel konnte sie schon erkennen, ein junger Mann in Shorts und T-Shirt. Aber er hatte sie längst gesehen und hielt genau auf sie zu, ging vom Gas, um ihr kleines Boot nicht zum Kentern zu bringen, und steuerte sein Boot längsseits. »Sheyna Kendall?«

»Ja … ich bin Sheyna.«

»Dann bin ich hier richtig«, erwiderte er lächelnd. »Andy Fletcher. Ich habe bei der Suche geholfen. Du glaubst gar nicht, wie viele Leute nach dir suchen. Warte, ich gebe nur kurz der Küstenwache Bescheid.« Er griff nach einem Funkgerät und bestätigte, dass er sie gefunden hatte. »Und sagen Sie bitte ihren Eltern, dass sie okay ist. Die haben sich große Sorgen gemacht.«

»Danke, Andy«, sagte sie. »Ich dachte schon, ich müsste für den Rest meines Lebens auf dem Atlantik rumschippern. Mein Motor hat schlappgemacht, sprang nicht mehr an, gerade als ich zurückfahren wollte. Dann kam der Sturm und … ich hab mich wie eine blöde Touristin benommen, stimmt's?«

»Unsinn! Eine Touristin hätte durchgedreht und wäre

über Bord gegangen. Du wirkst cool und gefasst. Ein Unwetter bringt dich nicht aus der Ruhe.«

»Ein bisschen heftig war es schon.«

»Wie in *Key Largo*.«

»Da hat's auch so geregnet?«, wunderte sie sich.

»Nicht auf der Insel … in dem Film. Ein Schwarz-Weiß-Film mit Humphrey Bogart und Lauren Bacall. Kommt alle paar Jahre mal im Fernsehen. Aus den 1940ern. Ich stehe auf alte Filme, besonders mit Bogey und Bacall. *Tote schlafen fest* und so was …« Er warf ihr eine Leine zu. »Binde deine Nussschale fest und komm an Bord. Ich hab heißen Kaffee hier mit Milch und Zucker. Möchtest du einen?«

»Ja, sehr gerne«, erwiderte sie dankbar.

Sie band ihr Boot fest und ließ sich von ihrem Retter an Bord ziehen. Er war ungefähr in ihrem Alter, vielleicht zwei, drei Jahre älter, und machte den Eindruck eines Menschen, der viel Sport trieb und sich die meiste Zeit im Freien aufhielt. Seine Haare waren halblang und wurden von einem dünnen Lederband zusammengehalten. Ein wenig altmodisch, wie sie fand. Er wirkte kräftig und muskulös, hatte breite Schultern und lächelte etwas schüchtern, als er ihr an Bord half und sie dabei fast gegeneinanderstießen.

Das Auffälligste an ihm aber waren seine Augen. Das merkte sie spätestens, als sie sich noch einmal bei ihm bedankte und sich ihre Blicke trafen. Sie waren braun, mit einem leichten Stich ins Grüne wie bei diesem

Schauspieler, den sie so mochte, und dessen Namen sie ständig vergaß. Ganz anders als bei Timmy, der seinen draufgängerischen Blick sicher hundertmal vor dem Spiegel geübt hatte, um besonders männlich auszusehen. Das hatte dieser Andy Fletcher mit seinem sanften Blick ganz sicher nicht nötig.

Er schenkte ihr einen Becher Kaffee aus seiner Thermosflasche ein und reichte ihn ihr. »Milch und Zucker sind schon drin. Ich mag es gerne süß.«

Sie nippte an dem heißen Kaffee und ließ sich auf der Sitzbank vor der Reling nieder. Der Kaffee tat ihr gut. »Ein schönes Boot«, sagte sie. »Deines?«

»Schön wär's«, erwiderte er, »aber der Kahn kostet mehr, als ich in zehn Jahren verdiene. Das Boot gehört dem Dolphin Research Center. Ich hab heute meinen freien Tag und darf ein bisschen damit rumschippern. Dafür zahlen sie mir kein Geld für die Überstunden. Ich bin gern auf dem Meer draußen.«

»Bist du Delfintrainer oder so was?«

»Eher ›so was‹. Mädchen für alles, würde ich sagen. So eine Mischung zwischen Hausmeister und Tierpfleger. In ungefähr zwei Jahren, wenn ich lange genug mit den Delfinen gearbeitet habe, fange ich eine Ausbildung zum Trainer an. Ich kann froh sein, dass sie mich überhaupt genommen haben.«

»Aber du bist nicht von hier, oder?«

»Hört man das?« Er schenkte sich ebenfalls einen Kaffee ein und trank einen kleinen Schluck. »Ob du's glaubst oder nicht, ich komme aus Billings, Montana, und war mit neunzehn zum ersten Mal am Meer. Florida von oben bis unten, gleich nach der Highschool. Zwei Freunde und ich. Auf dem College hab ich's mit Politik versucht und ... na ja, ich hab mich nicht gerade beliebt gemacht. Hab gegen den Krieg demonstriert, die Vorteile des skandinavischen Gesundheitssystems in einer Seminararbeit gepriesen und den Vertreter eines großen Konzerns beschimpft, der uns was über die Verantwortung eines Managers erzählen wollte. Kann sein, dass ich manchmal ein bisschen zu weit ging. Auf jeden Fall legten Sie mir nah, das College zu verlassen, und ich Feigling ging noch am selben Tag. Ich wollte nichts mehr mit Politik zu tun haben. In Washington oder an irgendeinem dieser Institute hätte ich sowieso nichts ausrichten können. Was sollte ich da? Gegen die Konzerne und die Banken kommt man nicht an, das sieht man ja an unserem Präsidenten.«

Sheyna interessierte sich für Politik, hatte sich aber nie aktiv eingemischt. Es war eben alles so, wie es war. Wenn sie allerdings daran dachte, wie fahrlässig International Oil beim Betreiben der Bohrinsel verfahren war, schwoll ihr ebenfalls der Kamm. »Ein Typ mit Prinzipien, das sieht man selten«, sagte sie mit einem leicht spöttischen Unterton. »Billings, Montana, hm?«

»Ein furchtbares Nest, deshalb ging ich ja von dort weg. Leider aufs falsche College nach Houston. Wenn du in Texas gegen den Krieg demonstrierst, beschimpfen sie dich als Landesverräter, und wenn du dir einen Toyota kaufst, weil er umweltfreundlicher als ein Chevy ist, würden sie dich am liebsten einsperren. Ich hätte nach Kalifornien gehen sollen, nach Berkeley, da sind sie liberaler.«

Sheyna verriet ihm nicht, dass sie einen Chevy fuhr. Die Kiste war billig gewesen, deshalb hatte sie ihn gekauft. »Und wie kommst du nach Florida?«

»Über Umwege«, berichtete er. »Nach der Pleite auf dem College in Houston wollte ich so weit wie möglich weg und ging nach Australien. Keine Ahnung, was ich da wollte, aber weiter weg ging kaum.«

»Australien?«, wunderte sie sich.

»Ich schlug mich mit Gelegenheitsjobs durch. Alles illegal natürlich, aber ich kam über die Runden, zog von einer Stadt zur nächsten wie früher bei uns die Eisenbahntramps. Ich lernte sogar surfen. In Australien sind sie noch verrückter als in Kalifornien und Hawaii, da gibt's Typen, die würden ihr Surfbrett am liebsten mit ins Bett nehmen. Ein Mädchen, das ich da unten traf, brachte es mir bei ... na ja, die Grundbegriffe, viel mehr nicht. Gerade so viel, dass ich über die ersten zwei, drei Wellen kam. Du hättest mich sehen sollen!«

Warum sie einen leichten Stich in der Magengegend verspürte, als er das Mädchen erwähnte, wusste sie nicht. Hatte sie sich nicht erst gestern geschworen, nach dem Reinfall mit Timmy erst mal eine längere

Pause einzulegen und einen großen Bogen um jeden Mann zu machen, selbst wenn er so gut aussah und so schöne braune Augen hatte wie Andy Fletcher? »Dann hättest du lieber nach Hawaii oder Kalifornien gehen sollen. Auf den Keys kommst du mit einem Surfbrett nicht weit. Hohe Wellen gibt's hier nur bei einem Hurrikan.«

Er blickte nachdenklich in seinen Kaffeebecher. »Ich surfe sowieso nicht mehr. Ich wurde in Australien … Ich wurde von einem Hai angegriffen. Der verdammte Hai war plötzlich da, biss ein Stück von dem Surfbrett ab, das ich mir geliehen hatte, und erwischte mich am Oberschenkel.« Er hob sein linkes Bein und zeigte ihr die hässliche Narbe seitlich über dem Knie. »Ich weiß, das sieht ziemlich böse aus, und die Wahl zum ›Mister Beach‹ kann ich mir wohl abschminken, aber ich kann froh sein, dass ich noch lebe. Wenn der Delfin nicht gekommen wäre, hätte ich einpacken können. Ein Delfin, halb so groß wie der Hai. Hätte der Bursche mich nicht an Land geschleppt, wäre ich vermutlich im Wasser verblutet.« Er blickte sie verlegen an. »Klingt ziemlich unwahrscheinlich, was?«

»Ein Delfin?« Sie dachte an Teresa. »Ein Delfin hat dich gerettet?«

Er nickte. »Stand sogar in der Zeitung. Ich hielt mich an seiner Flosse fest und er brachte mich zum Strand, ob du's glaubst oder nicht. Damals nahm ich mir vor, mich auf irgendeine Weise bei den Delfinen zu bedanken. Als ich im Internet auf das Dolphin Research Center stieß, war mir klar, was ich zu tun hatte: Ich wollte mit diesen Tieren arbeiten … um jeden Preis.«

»Kennen die im Dolphin Research Center deine Story?«

»Na klar«, erwiderte er grinsend. »Ich musste ihnen sogar Fotos zeigen. Zum Glück hatte ich noch den Zeitungsartikel. Irgendjemand hatte ein Foto geschossen, als der Delfin mich aus dem Meer stieß. Sonst hätten sie mich wohl kaum genommen. ›Ich glaube, Sie können gut mit Delfinen‹, haben sie damals zu mir gesagt.«

»Irre«, erwiderte sie.

»Aber wahr.«

Er setzte sich ans Steuer und schob den Gashebel langsam nach vorn. Nicht zu schnell, damit sich ihr Boot nicht losriss, fuhren sie der Küste entgegen. Über ihnen wölbte sich ein wolkenloser, strahlend blauer Himmel.

5

Während sie auf die Küste zuhielten, betrachtete Sheyna ihren Retter. Er saß auf dem weißen Vinylsessel im Cockpit, bewegte das Lenkrad locker mit einer Hand und blickte nach vorn. Seine Sonnenbrille, die an einer grünen Kordel um seinen Hals hing, hatte er nicht aufgesetzt, wohl auch, um sein Gesicht nicht vor Sheyna zu verdecken, wenn er sich umdrehte und sie anblickte.

Von der Bank, auf der sie saß, war seine Narbe deutlich zu sehen. Kein besonders schöner Anblick, der sicher viele Mädchen abtörnte und davon abhielt, sich näher auf ihn einzulassen. Er schien sich nichts daraus zu machen, versuchte nicht einmal, die Narbe mit seinen Shorts zu verdecken. Für ihn war sie eher ein gutes Zeichen, erinnerte sie ihn doch daran, wie er dem sicheren Tod von der Schippe gesprungen war, bestimmt der glücklichste Tag seines Lebens.

Sie störte sich ebenso wenig an der Narbe, auch die Tatsache, dass er etwas humpelte, machte ihn nicht weniger attraktiv für sie. Makellose Schönheit war ihr schon immer verdächtig gewesen. Die Models in den diversen Fernsehshows fand sie geradezu lächerlich bei ihrem Versuch, so schlank und vollkommen wie möglich auszusehen. Es gab keine vollkommene Schönheit. Auf der Highschool hatte sie selbst gesehen, wie viel Make-up nötig war und wie lange es dauerte, bis eine Cheerleaderin einigermaßen attraktiv aussah. Inzwischen wusste man doch, wie bei den Models in den Werbespots und Printanzeigen nachgeholfen wurde, von den Schauspielerinnen, die sich operieren oder mit Botox spritzen ließen, ganz abgesehen. Und die fertigen Fotos wurden am Computer bearbeitet, bis auch der letzte Leberfleck verschwunden war.

Auf der Straße hatte sie noch nie eine perfekte

Schönheit gesehen, da gab es nur normale Menschen, und das war auch gut so. Sie war nie dem Wahn verfallen, besonders perfekt und sexy aussehen zu wollen. Wenn man sich zu sehr aufstylte, war die Enttäuschung später umso größer. Ein Mann musste einen auch mögen, wenn man morgens aus der Dusche kam.

Als er sich umdrehte und ihr zulächelte, errötete sie. Etwas, was ihr schon seit Langem nicht mehr passiert war. Anscheinend stimmte es, dass man sich wieder wie ein unbedarftes Schulmädchen benahm, wenn man sich ernsthaft verliebte. Mach dich nicht lächerlich, schalt sie sich im selben Augenblick, du kennst den Typen doch kaum. Er hat dich mit seinen braun-grünen Augen angestrahlt, das ist alles. Kein Grund, gleich weiche Knie zu bekommen und an die große Liebe zu glauben. So was gibt's nur in Kitschfilmen, das hast du doch gemerkt. Oder hat dir die Sache mit Timmy nicht zu denken gegeben? Edle Ritter auf weißen Pferden sind äußerst selten.

»Arbeitest du im Kohlebergwerk?«, fragte er unvermittelt.

»Wie?«

Er deutete auf die schwarzen Flecken an ihren Armen und Beinen. »Sag bloß, du hast Mechanikerin gespielt und deinen Außenbordmotor zerlegt.«

»Ich hab nur mal reingesehen«, erwiderte sie. »Zu kompliziert für mich, das überlasse ich lieber einem Fachmann. Die Flecken kommen von dem Öl.«

»Öl? Du meinst …?«

»Sieht ganz so aus«, beantwortete sie seine unausgesprochene Frage. »Ich hab's auch mit den Delfinen, genau wie du. Am Dolphin Reef eine Meile vor der Küste leben sechs Delfine, die ich schon seit Jahren besuche. Sie begrüßen mich jedes Mal, wenn ich auftauche. Selbst wenn ich ein paar Wochen nicht draußen war, erkennen sie mich. Besonders Teresa, so habe ich das älteste Weibchen der Gruppe getauft. Hat ihren eigenen Kopf, die Lady.«

»Deshalb warst du heute draußen?«

Sheyna nickte. »Ich wollte mit ihnen tauchen, aber als ich zum Riff kam, waren keine Tiere da. Weder die Delfine noch die bunten Fische, die ich sonst dort sehe. Und ein paar Minuten später hing ich in diesen Ölschlieren, schwarzen Fetzen, die wie Trauerschleier über das Riff trieben. Ein Fischschwarm schaffte es gerade noch, ihnen zu entkommen.« Sie blickte ihn ernst an. »Öl … das war Öl aus der explodierten Bohrinsel, Andy! Aus der Ocean Queen.«

»Bist du sicher?«

»Nein, bin ich nicht«, erwiderte sie, »aber was soll es denn sonst sein? Du hättest die Fische sehen sollen, so schnell habe ich die noch nie schwimmen sehen. Wie Hirsche und Rehe, die vor einem Waldbrand flüchten. Die wussten anscheinend ganz genau, welche Gefahr ihnen droht. So rasant sind die nicht mal unterwegs, wenn die Fischer ihre Netze auswerfen.«

»Aber das kann nicht sein. Im Dolphin Research Center haben sie heute Morgen gesagt, es sei unwahrscheinlich, dass das Öl an unsere Küste geschwemmt wird. Es sind unzählige Flugzeuge und Hubschrauber und Boote unterwegs … die hätten uns doch gewarnt, wenn sie etwas gefunden hätten.«

»Das Öl treibt mit den Strömungen zu uns … unter Wasser.«

»Davon hat International Oil aber nichts gesagt.« Andy bremste das Boot ab, um sie besser verstehen zu können. »Soweit ich weiß, wollen sie irgendwelche Chemikalien auf dem Wasser verteilen, um das Öl zu vertreiben.«

»Dispergatoren.«

»Wie?«

»Dispergatoren sind Lösungsmittel, die das Öl in Moleküle zerteilen und irgendwann auflösen. Wie ein Spülmittel, das sich im Wasser verteilt und es weicher macht. Der Haken dabei ist, dass diese Dispergatoren selbst giftig sind und den Meerestieren genauso gefährlich werden können wie das Öl.«

»Hey, woher weißt du das alles?«

Sie musste grinsen. »Du hältst mich für eine Klugscheißerin, was? Ich studiere Meeresbiologie am Miami-Dade-College. Wir haben erst letzte Woche über die Ölpest gesprochen. Das Dumme ist, dass sich das Öl schon über ein viel zu großes Gebiet verteilt hat, ungefähr fünfzigtausend Quadratkilometer, und dass man mit dem Gift kaum noch was ausrichten kann. Außerdem bekämpft es den Ölteppich nur an der Wasseroberfläche. Sobald es nach unten sinkt und von der Strömung davongetragen wird, kommt das Gift nicht mehr hin.«

»Diese verdammten ... Dann muss man dagegen protestieren!«

»Tun doch viele Leute. Meinst du, das nutzt was? Du hast doch selbst gesagt, dass die Konzerne alles kontrollieren. Dagegen kommst du nicht an.«

Andy schob den Gashebel nach vorn und legte ein flotteres Tempo vor. Man sah seinem Gesicht an, wie sehr ihn das Thema beschäftigte. Er bewegte ständig die Lippen, machte mehrmals den Eindruck, als wollte er etwas sagen, schüttelte aber nur den Kopf und fuhr weiter. Die Sonne stand inzwischen hoch über ihnen und vom Himmel waren die letzten Wolken verschwunden. Florida zeigte sich von der besten Seite. Weder von einem Boot noch von einem Hubschrauber aus hätte man die Gefahr erahnt, die unter der Wasseroberfläche lauerte und sich schneller als erwartet der Küste näherte.

Zwischen den grünen und roten Markierungen, die den Kanal vor der Küste säumten, war er gezwungen den Motor zu drosseln. Er stand auf und steuerte im Stehen weiter, eine Hand am Lenkrad, die andere am Gashebel. Nachdenklich lenkte er das Boot ins Hafenbecken und vertäute es an einer der Anlegestellen.

Sie band ihr Boot los und befestigte es direkt daneben. Hinter ihm kletterte sie auf den hölzernen Steg und umarmte ihre Eltern, die beide zum Anleger gekommen waren. Ein befreundeter Fischer hatte ihnen berichtet, dass man ihre Tochter gefunden hatte. Die Augen ihrer Mutter waren noch rot vom Weinen.

»Halb so wild«, spielte Sheyna ihre Erlebnisse herunter, »ich hatte genug Wasser dabei. Und einen Ritter, der mit seinem weißen Boot daherkam.« Sie deutete auf ihren Retter. »Das ist Andy Fletcher, er arbeitet im Dolphin Research Center. Ohne ihn wäre es vielleicht brenzlig geworden, aber so …«

»Gott sei Dank!«, stieß ihre Mutter hervor und rang die Hände.

»Danke, Andy«, sagte ihr Vater. Seine Augen begannen zu leuchten, wie immer, wenn sich seine Gedanken um Essen drehten. »Wie wär's, wenn ich euch beiden was Schönes zu essen mache? Spaghetti mit frischen Shrimps?«

»Meine Eltern besitzen ein Lokal«, erklärte Sheyna, »und mein Vater ist der beste Koch diesseits des Äquators. Du solltest die Einladung annehmen.«

»Gerne«, willigte Andy ein.

»Gebt mir eine Stunde, okay?«

»Und der Außenborder?«, fragte Sheyna. »Das blöde Ding springt nicht mehr an, irgendwas mit dem Vergaser. Soll ich ihn zu Baldwin bringen?«

»Da brauchst du nicht weit zu laufen«, sagte ihr Vater. Er deutete auf das Ufer einer kleinen Bucht, die sich eine Viertelmeile weiter südlich vom Hafen erstreckte. »Da hinten steht ihr Pick-up. Sie müssen bei den Leuten am Ufer sein. Keine Ahnung, was da los ist. Hat hoffentlich nichts mit dem Öl zu tun.«

»Auf der Atlantikseite?«, fragte ihre Mutter verwundert.

»Warum nicht?«, erwiderte Bobby Kendall. »Zwischen den Inseln ist genug Platz. Ich glaube kaum, dass die Ölpest was gegen den Atlantik hat.«

»Mal den Teufel nicht an die Wand!«

Sheyna hatte keine Lust, ihren Eltern schon jetzt reinen Wein einzuschenken, sie wollte keine Gerüchte in die Welt setzen, bevor sie nicht hundertprozentig sicher war, dass die Ölschlieren tatsächlich von der Bohrinsel kamen. »Ich sag ihnen Bescheid, dann können sie den Motor gleich mitnehmen«, sagte sie.

Sie verabschiedete sich von ihren Eltern, die über die Hauptstraße zu ihrem Restaurant zurückkehrten, und lief mit Andy zu der Menschenansammlung am Ufer der Bucht. Beide hatten denselben schlimmen Verdacht, wagten aber nicht, ihn auszusprechen. In ihrem Magen formte sich ein dicker Knoten.

»Hey, Emily!«, begrüßte sie ihre Highschoolfreundin. Emily Baldwin war ein halbes Jahr jünger und ungefähr zehn Pfund schwerer als sie, anscheinend hatte sie seit ihrem letzten Treffen wieder ein oder zwei Pfund zugelegt. Sie aß für ihr Leben gern, vor allem frittiertes Huhn und Schokoladeneis, und hatte nach mehreren Diäten aufgegeben, sich um ihr steigendes Gewicht zu scheren.

»Hey, Sheyna. Wieder mal zu Hause?« Es klang nicht besonders freundlich. Seitdem Sheyna aufs College ging, war Emily sichtbar eifersüchtig auf ihre Schulbildung, ihre sportliche Figur und ihr angebliches Glück bei den Männern. Dabei hatte Sheyna nie etwas über ihre Beziehungen verraten, schon damals auf der Highschool nicht und erst recht nicht die Sache mit Timmy.

»Das ist Andy«, stellte sie ihren Retter vor, »er hat mir aus der Patsche geholfen. Ich war draußen im Sturm und mein Außenborder sprang nicht an.«

»Du warst da draußen?«, rief Emily ungläubig.

»War halb so wild«, schwächte Sheyna auch bei ihr ab. »Könnt ihr den Motor mitnehmen und reparieren? Mein Boot liegt im Hafen, das kleine mit den gelben Streifen am Bug, gleich neben seinem weißen Motorboot.«

»Gehört leider dem Dolphin Research Center, nicht mir«, warf Andy eilig ein.

»Klar, machen wir«, sagte Emily. »Dad ist da vorn bei den Delfinen.«

»Delfine?«, riefen Sheyna und Andy gleichzeitig.

Sie bahnten sich einen Weg durch die Menge, hauptsächlich Einheimische aus den nahen Firmen und Läden, die entweder aufgeregt durcheinanderredeten oder betroffen auf die angeschwemmten Delfine am Strand blickten. Zwei ausgewachsene Meeressäuger, ölverschmiert und abgemagert, die Augen starr und leblos. Sie lagen auf dem Strand zwischen vertrockneten Palmwedeln.

»Teresa?«, flüsterte Sheyna ängstlich. Sie beugte sich zu den verendeten Delfinen hinunter und studierte ihre Gesichter. Nein, das war nicht Teresa, auch keiner der anderen Delfine vom Dolphin Reef. Die hätte sie erkannt, auch in diesem bedauernswerten Zustand. Sie berührte die Haut eines der toten Tiere mit der Hand und roch an dem schwarzen Schlick, der an ihren Fingerkuppen hängen blieb. Angewidert verzog sie das Gesicht. Falls es noch einen Zweifel gegeben hatte, dann war er jetzt ausgeräumt: Die Ölpest hatte sie erreicht!

»Das hab ich kommen sehen!«, schimpfte Emilys Vater, der mit geballten Fäusten am Ufer stand und sich kaum noch beherrschen konnte. Jack Baldwin, von den meisten Einheimischen nur »Rooster« genannt, weil er ständig heiser war und krächzte, war ein untersetzter Mann mit einem verlebten Gesicht und spärlichem Haarwuchs, seine Kleidung bestand wie fast immer aus einem ölverschmierten Overall, einer Baseballmütze und stabilen Schuhen. »Das haben wir doch alle kommen sehen, oder etwa nicht?« Er drehte sich vorwurfsvoll zu den anderen Neugierigen um, als träfe sie die alleinige Schuld. »Jetzt laden die ihr Scheißöl schon an unserer Küste ab! Wisst ihr, was das heißt? Wir können alle einpacken! Oder meint ihr vielleicht, jetzt kommen noch Touristen hierher? Ihr seht doch, was in Alabama los ist.«

»Hat jemand die Polizei informiert?«, fragte Andy.

»Schon unterwegs«, antwortete ein Ladenbesitzer.

Andy zog sein Handy hervor und rief das Dolphin Research Center an. »Mary? Ja, hier Andy. Am Strand von Marathon liegen zwei tote Delfine. Eine Viertelmeile südlich vom Hafen. Ja, sie sind tot. Das Öl ... das Öl von der Bohrinsel. Natürlich, die Polizei muss gleich hier sein. Ja ... ich warte.« Er steckte das Handy weg und sagte: »Mary Conolly vom Center kommt auch.«

Nur wenige Minuten später setzte hektische Betriebsamkeit am Strand von Marathon ein. Zwei Streifenwagen des Sheriffs mit flackernden Warnlichtern und heulenden Sirenen brausten heran und blieben am Straßenrand stehen. Vier Deputys stiegen aus, vertrieben die Schaulustigen und sperrten den Fundort mit gelbem Plastikband ab, als hätten sie es mit dem Tatort eines Mordes zu tun. Aus einem zivilen Geländewagen, der ebenfalls mit Blaulicht, aber ohne Sirene erschien, stieg Chief Kenneth E. Duggan, der Sheriff des Countys, der eigentlich nur bei schweren Straftaten gerufen wurde. Beim Anblick der toten Delfine wirkte er ziemlich ratlos.

»Rühren Sie nichts an«, rief er seinen Deputys zu, »wir haben hier lediglich das Gelände abzusichern. Ich habe bereits alle zuständigen Stellen informiert, allen voran die NOAA, die sollen feststellen, woran die Tiere gestorben sind.« NOAA ist die Abkürzung für National Oceanic and Atmospheric Administration, eine Regierungsbehörde, deren Wissenschaftler sich um den Zustand der Meere kümmern. »Achten Sie darauf, dass sich niemand den toten Delfinen nähert. Vor allem nicht die Medien. Sie wissen, was in Alabama los ist. So wie ich International Oil kenne, werden sie ebenfalls in wenigen Minuten hier sein, die haben mehr Hubschrauber zur Verfügung als wir.«

Ein weiterer Wagen parkte am Straßenrand, diesmal ohne Warnlichter und Sirene. Auf den Türen war das Logo des Dolphin Research Centers zu sehen. Mary Conolly, die Leiterin des Forschungszentrums, stieg aus und ging, ohne zu zögern, auf die Absperrung zu. Sie war knapp fünfzig und wirkte äußerst resolut.

»Hier können Sie nicht durch, Ma'am«, wollte sie ein Deputy aufhalten.

»Und ob ich das kann«, erwiderte sie und bückte sich unter der Absperrung hindurch. Sheyna beobachtete, wie der Chief seinen Deputy mit einer Handbewegung beschwichtigte. Mary Conolly sah sich die toten Delfine genau an, schüttelte nur den Kopf und blickte zum Chief empor. »Wissen Sie, wie lange so ein Delfin leiden muss, bis ihn das Öl geschafft hat? Mehrere Stunden, Chief. Wenn er Glück hat, atmet er das Zeug ein und erstickt. Wenn er Pech hat, bekommt er Lungenkrebs und verreckt wie ein kranker Hund.«

»Ich bin auf Ihrer Seite, Ma'am«, erwiderte der Sheriff, »das ganze Land ist auf Ihrer Seite. Auch die Leute, die mit Umweltschutz und Ökokram gar nichts am Hut haben. Aber Sie wissen natürlich, was gleich passieren wird.«

»Und ob ich das weiß, Chief. Die Vertreter von International Oil werden mit dem Hubschrauber einschweben, alle Schaulustigen und die Medien verjagen und die Sache so weit herunterspielen wie möglich. Das war damals in Louisiana nicht anders … oder in Alaska, als die Exxon Valdez verunglückte und tonnenweise Öl verlor.«

»Sie sagen es, Ma'am. Und meine Kollegen und ich dürfen die Handlanger von International Oil spielen und uns mit den Demonstranten rumschlagen.«

»Die Welt ist grausam«, erwiderte Mary Conolly, »leider müssen die Schwachen am meisten unter der Willkür der Mächtigen leiden. Alte, Frauen, Kinder und jetzt auch Tiere und Pflanzen. Unglücklicherweise vergessen die Mächtigen, dass sie damit nicht nur den Lebensraum der Tiere, sondern auch den der Menschen kaputt machen. Aber Ihnen brauche ich keine Vorträge zu halten, nicht wahr? Machen Sie es gut, Chief, und grüßen Sie ihre Frau von mir.«

Sie verließ den abgesperrten Bereich und kam zu Sheyna und Andy. Sie legte ihm eine Hand auf die Schulter und sagte: »Danke, dass Sie angerufen haben, Andy.« Sie blickte Sheyna an. »Ist das Ihre Freundin?«

Sheyna errötete. »Sheyna Kendall, Ma'am. Meinen

Eltern gehört der ›Happy Pelican‹ auf der anderen Seite. Ich studiere Meeresbiologie.«

»Meeresbiologie? Dann schauen Sie doch mal vorbei, wenn Sie fertig studiert haben. Gute Wissenschaftler können wir immer brauchen. Gerade jetzt.«

»Das mache ich, Ma'am. Vielen Dank.«

6

Ein Hubschrauber erschien dröhnend über der Insel, flog in geringer Höhe über den Strand mit den toten Delfinen und landete auf dem Stützpunkt der Küstenwache gleich neben dem Hafen. Eine Frau und ein Mann stiegen aus, sie im Kostüm, er im Anzug, und wurden von einem uniformierten Offizier empfangen und ins flache Gebäude geführt. Der Pilot schaltete den Motor ab, die Rotoren des Hubschraubers drehten sich langsamer und blieben ganz stehen.

»Die sind von International Oil, wollen wir wetten?«, sagte jemand.

Nur wenige Augenblicke später kamen die beiden wieder heraus, begleitet von dem Offizier, der sie empfangen hatte. Der Offizier sprach mit einigen seiner Männer, auch die Frau und der Mann hatten etwas zu sagen, dann stiegen sie in einen bereitstehenden Wagen und fuhren am Hafen vorbei.

Chief Duggan sah sie kommen und ging ihnen missmutig entgegen. Er schien zu ahnen, was der Offizier und seine Besucher ihm zu sagen hatten. Mit grimmiger Miene wartete er, bis der Wagen vor der Absperrung parkte.

»Der Commander höchstpersönlich«, flüsterte Sheyna. »Der kommt nur bei rotem Alarm aus seinem Büro, bei einem Hurrikan oder einem Tsunami.«

»Die Ölpest ist schlimmer«, erwiderte Andy leise.

Mit den anderen Schaulustigen beobachteten Sheyna und Andy, wie Lieutenant Commander Christopher H. Allen aus dem Wagen stieg und der Frau die Tür öffnete. Sie entsprach dem Bild, das man sich von einer erfolgreichen Managerin machte: modische Kurzhaarfrisur, perfektes Make-up, maßgeschneidertes Kostüm, halbhohe Pumps. Ihre Augen wirkten streng, als hätte sie noch niemals gelacht. Ihr Begleiter war einige Jahre älter und machte den selbstbewussten und etwas arroganten Eindruck eines Mannes, der es gewohnt ist, dass man seinen Anweisungen folgt. Er trug einen hellen Anzug.

»Guten Morgen, Chief«, begrüßte der Commander den Polizeichef. »Dies sind Mister Randolph E. Wood, Chief Operating Officer der Gulf Coast Restoring Organization für International Oil … Ich hoffe, ich habe das richtig gesagt.« Er gestattete sich ein Lächeln. »Und Mrs Monica Brecard, Public Relations.«

»Randy«, sagte ihr Begleiter.

»Miss«, verbesserte sie ernst.

»Kenneth Duggan«, stellte sich der Chief vor, »ich bin der Sheriff vom Monroe County. Wir haben Sie schon erwartet.«

Weder der Manager noch seine Begleiterin waren zu einem Small Talk aufgelegt. Ihre gereizte Stimmung und das ungeduldige Blitzen in ihren Augen ließen erkennen, dass sie seit der Explosion der Ocean Queen kaum geschlafen hatten und ständig in den bedrohten Küstengebieten unterwegs waren. Die andauernden Gespräche mit Regierungsbeamten, der Umgang mit den Medien und die erbitterten Proteste der Küstenbewohner hatten deutliche Spuren hinterlassen, die auch das perfekte Make-up von Monica Brecard und die Bräunungscreme von Randolph Wood nicht verdecken konnten.

»Ich möchte Sie bitten, etwas großzügiger abzusperren«, sagte der Manager zum Polizeichef. Es klang eher wie ein Befehl. »Wir brauchen Platz für unsere Untersuchungen. Schaulustige können wir hier nicht gebrauchen.«

»So sperren wir auch bei einem Mord ab, Mister Wood.«

»Dies ist aber kein Mord«, entgegnete der Manager scharf. »Also tun Sie bitte, was ich sage. Wir haben bereits einige dieser Untersuchungen hinter uns und konnten bisher immer auf die Zusammenarbeit mit der Polizei zählen. Wir arbeiten eng mit den Bundesbehörden zusammen, sogar mit dem FBI.«

»Wenn es unbedingt sein muss, Mister.«

»Und fordern Sie die Schaulustigen bitte auf zu gehen!«

Der Chief wies seine Deputys an, den Strand mit den toten Delfinen noch großzügiger abzusperren, und sprach auf einige der Schaulustigen ein, anscheinend Leute, mit denen er gut bekannt war. Rooster Baldwin gehorchte nur widerwillig und fluchte ungehalten. Einige Kinder, die unter der Absperrung hindurchkriechen wollten, scheuchte er mit einer Handbewegung davon. Glücklicherweise hatten sie die toten Delfine noch nicht gesehen.

»Haben Sie nicht gehört?«, wandte sich die PR-Dame an Sheyna und Andy. Sie standen zufällig in ihrer Nähe. »Gehen Sie nach Hause! Hier gibt es nichts zu sehen. Haben Sie denn nichts Besseres zu tun, als hier rumzustehen?«

»Das könnten Sie ruhig etwas freundlicher sagen«, wehrte sich Sheyna. Das arrogante Verhalten der beiden Konzernmitarbeiter hatte sie wütend gemacht. »Als PR-Chefin eines Konzerns, der einen ganzen Ozean vergiftet hat, sollten Sie etwas vorsichtiger sein. Wir sind nicht schuld, dass Ihre Bohrinsel explodiert ist. Wir sind die Leidtragenden, oder haben Sie das vergessen?«

»Davon verstehen Sie nichts, Miss!«

»O doch!«, erwiderte Sheyna. »Davon verstehe ich sehr wohl etwas. Ich studiere Meeresbiologie und weiß genau, was mit dem Meer passiert. Oder wollen Sie etwa leugnen, dass Sie das Meer vor der Golfküste vergiften?«

»Ich?«

»International Oil!«

»Ich habe keine Lust, diese komplizierten Sachverhalte mit einer Studentin zu diskutieren«, sagte Monica Brecard. Man sah ihr an, wie sie sich selbst zur Ordnung rief und wieder in den versöhnlichen Tonfall einer geschulten PR-Managerin verfiel. Ihre nächsten Worte waren an alle Schaulustigen gerichtet. »Seien Sie versichert: Wir von International Oil tun alles, was in unserer Macht steht, um den Ölfluss einzudämmen und die Auswirkungen auf die Flora und Fauna an der Golfküste so gering wie möglich zu halten.«

»Ach ja? Und was ist das?«, rief Sheyna und hielt der Managerin ihre Arme hin. »Und das?« Sie hob eines ihrer nackten Beine. »Ich war vorhin tauchen. Am Dolphin Reef, das liegt eine Meile vor der Küste. Dort gab es weder Fische noch Delfine … nur dieses schmierige Öl! Es kam mit der Strömung übers Riff. Bis in den Atlantik ist Ihr Öl schon gezogen. Und das nennen Sie ›so gering wie möglich‹? Die beiden Delfine werden nicht die einzigen Tiere sein, die in dem Öl sterben. Also sparen Sie sich Ihre schönen Worte!«

Monica Brecard hatte wohl eine beleidigende Bemerkung auf der Zunge, schluckte sie aber runter. Nur mühsam hielt sie sich unter Kontrolle. »Ich verstehe

Ihren Ärger und Ihren Zorn.« Auch diese Worte waren wieder an alle gerichtet. »Auch wir von International Oil sind entsetzt über die Auswirkungen der Explosion, die aufgrund einer Verkettung unglücklicher Umstände zum Austreten des Öls führte. Unsere Mitarbeiter arbeiten Tag und Nacht an einer Lösung des Problems. Ich möchte Sie aber auch bitten, in Ihrem Ärger nicht allzu schwarzzumalen. Für die Ölschlieren an dem Riff, das Sie eben erwähnten, und den Tod dieser beiden Delfine kann es viele Gründe geben. Das Öl könnte aus dem lecken Tank eines Fischerbootes oder von einem Jet-Ski kommen. Es wäre nicht das erste Mal, dass ein Jet-Ski das Meer verschmutzt.«

»Das glauben Sie doch nicht im Ernst!«, rief Baldwin aufgebracht.

»Und was die toten Delfine betrifft«, fuhr die PR-Frau ungerührt fort, »auch für das Verenden dieser Tiere könnte etwas anderes verantwortlich sein. Wussten Sie, dass allein im letzten Monat über sechzig tote Delfine an Land gespült wurden? Und das war vor der Explosion. Viele Wissenschaftler, und die werden nicht von uns bezahlt, behaupten, dass es mehrere Gründe für das ungewöhnlich hohe Delfinsterben geben kann: Giftige Algen, ansteckende Krankheiten, extreme Wassertemperaturen, die Nahrung …«

»… und Öl!«, ergänzte Sheyna. »Diese beiden Delfine sind an dem Öl erstickt. Sehen Sie sich die toten Tiere an, Miss Brecard, dann wissen Sie es!«

Die Frau von International Oil hatte keine Argumente und auch keine Lust mehr, mit Sheyna und den anderen Schaulustigen zu reden, und folgte ihrem Begleiter zu den gestrandeten Tieren. Im Vorbeigehen warf sie Chief Duggan einen vorwurfsvollen Blick zu. Anscheinend machte sie ihn für den Ärger mit den Schaulustigen verantwortlich. Der Polizeichef reagierte mit einem Schulterzucken.

»Na, was hab ich dir gesagt?«, meinte Andy. Er sprach so leise, dass ihn weder Monica Brecard noch der Chief hören konnten. »Gegen die großen Konzerne kommst du nicht an. Die bestimmen die Politik und kommandieren sogar die Polizei herum.« Er grinste schwach. »Aber dieser PR-Lady hast du es ordentlich gegeben. Alle Achtung. Die träumt heute Nacht sicher von dir.«

»Haben Sie schon die NOAA informiert?«, fragte Randy Wood.

»Sind schon unterwegs«, antwortete der Chief. »Ich nehme an, sie handeln in Ihrem Sinne, wenn sie Gewebeproben entnehmen und den Tod der Delfine genau untersuchen. Wir müssen wissen, ob das Öl unsere Küste erreicht hat.«

»Wir haben nichts zu verheimlichen, Chief.«

Doch statt der NOAA erschien ein weiß-blauer Übertragungswagen von Channel 4, dem Regionalstudio Miami des großen Fernsehsenders CBS. Sheyna und Andy standen immer noch vor der Absperrung, jetzt aber weiter von den toten Delfinen entfernt, als der Van hielt und eine dunkelhaarige Reporterin ausstieg. Während ihr Begleiter die Kamera schulterte, ließ sie sich von einer jungen Frau, die ebenfalls mitgekommen war, das Gesicht pudern und die langen Haare richten.

»Hey, weißt du, wer das ist?«, staunte Sheyna.

»Keine Ahnung«, erwiderte Andy, »ich gucke immer CNN, obwohl die auch nicht mehr das sind, was sie früher mal waren. Die haben länger über Michael Jacksons Tod als über den Krieg in Irak und in Afghanistan berichtet. Wer ist das?«

»Rosanna Martinez«, klärte ihn Sheyna auf, »das bekannteste Gesicht von Miami. Ehemalige Schönheitskönigin, Talkshow-Moderatorin und wichtigste Reporterin bei den Channel 4 News. Ich hab gelesen, dass sie ein Angebot aus Hollywood hat und vielleicht eine Rolle im neuen James-Bond-Film bekommt. Rosanna Martinez als Bond-Girl, so weit kommt es noch. Aber bei den Channel 4 News hat sie das Sagen. Die berichtet nur über Topthemen.«

»Und woher weiß sie von den toten Delfinen?«

»Keine Ahnung. Ich nehme an, die sind auf gut Glück losgefahren, als bekannt wurde, dass die Ölpest nach Florida kommen könnte. Ein Näschen für heikle Themen hat sie, das muss man ihr lassen. Sie war die Einzige, die in Miami diese korrupten Polizisten interviewen durfte, und als sie so einen Actionfilm in South Beach drehten, war sie als einzige Reporterin am Set.

Keine Ahnung, wie sie das macht. Ich nehme an, sie wickelt die Männer mit ihren Rehaugen ein.«

»Ich stehe nicht auf solche Beauty-Queens.«

»Sondern?«

»Auf Frauen, die auch ohne Schminke gut aussehen und nicht den ganzen Tag an neue Klamotten und neue Schuhe denken wie diese Sex-and-the-City-Mädels.« Er lächelte hintergründig. »Obwohl die auch nicht ohne sind.«

Rosanna Martinez war bereits im Einsatz. Noch bevor einer der Deputys sie aufhalten konnte, waren sie und ihr Kameramann unter der Absperrung durch und bei den toten Delfinen. Die Kamera surrte längst, als Monica Brecard und Randy Wood auf sie aufmerksam wurden und ärgerlich herumfuhren.

»Chief Duggan!«, rief die PR-Frau. »Ich hab Ihnen doch gesagt, ich will hier unten weder die Presse noch das Fernsehen haben!« Und an die Reporterin und ihren Kameramann gewandt: »Hören Sie sofort auf! Ich bitte Sie …«

Aber Rosanna Martinez hatte sich bereits in Position gebracht, den Rücken zu den toten Delfinen gewandt, und lächelte in die Kamera. »Die Befürchtungen von Greenpeace und mehreren anderen Umweltschutzorganisationen haben sich leider bewahrheitet: Heute Mittag wurden in Marathon auf den Florida Keys zwei tote Delfine an Land gespült. Sie zeigen deutliche Spuren des Ölschlicks, der anscheinend unter Wasser nach Osten getrieben wurde und sich hier auf den Keys auch auf der Atlantikseite zeigt. Ganz offensichtlich wurden die armen Delfine Opfer der sich rasant ausbreitenden Ölpest.«

Dass Rosanna Martinez ihre Hausaufgaben gemacht hatte, bewies sie, als die beiden Angestellten von International Oil wütend vom Strand heraufkamen und sie ihnen lächelnd das Mikrofon unter die Nase hielt. Sie kannte sogar ihre Namen. »Wir begrüßen Randolph E. Wood, den Chief Operating Officer der Gulf Coast Restoring Organization für International Oil, und Monica Brecard, zuständig für Public Relations und seit einigen Wochen bemüht, die Katastrophe kleinzureden. Miss Brecard, nach diesem Vorfall muss man wohl befürchten, dass die Ölpest auch auf den Florida Keys erhebliche Schäden verursachen wird. Ist die Krise überhaupt noch in den Griff zu bekommen?«

»Ich glaube schon«, erwiderte die PR-Managerin, sichtlich um Fassung bemüht. Ihr professionelles Lächeln, das sie ausschließlich für solche Auftritte reserviert hatte, verkümmerte zusehends. »Wie Sie wissen, arbeiten unsere Techniker mit Hochdruck an einer Lösung des Problems. Ich glaube, Ihnen sagen zu können, dass es sich bei diesen toten Delfinen um einen bedauerlichen Einzelfall handelt und sich die Katastrophe von Alabama auf den Florida Keys auf keinen Fall wiederholen wird. Ich möchte betonen, dass es bisher noch keine eindeutigen Beweise für die Ausbreitung der Ölpest gibt. Genauso gut kann das Öl, das diese Delfine getötet haben mag, von einem Fischerboot oder einem Jet-Ski stammen. Ein endgültiges Urteil ist uns erst möglich, wenn die NOAA die Gewebeproben der toten Delfine untersucht hat.« Sie zwang sich zu einem Lächeln. »Noch besteht kein Grund, sich Sorgen zu machen.«

»Meine Kollegin hat recht«, ergänzte Randy Wood. Ihm gelang das professionelle Lächeln besser, vielleicht, weil er tatsächlich von seinen Worten überzeugt war. »Noch besteht kein Grund zur Unruhe. Natürlich trauern wir um jedes einzelne Lebewesen, das dieser Ölpest zum Opfer fällt, aber bisher wurde nicht bewiesen, dass tatsächlich das ausgelaufene Öl für den Tod dieser Delfine verantwortlich ist. Wenn überhaupt Öl an der Küste von Florida auftaucht, kann es sich nur um sehr geringe Mengen handeln, die der Flora und Fauna kaum gefährlich werden können. Wie gesagt, unsere Techniker sind kurz davor, das lecke Bohrloch mit einer Verschlusskappe zu schließen, und die Chemikalien, die wir mit unseren Spezialflugzeugen verstreuen, werden auch die letzten Reste des Öls auflösen. Ich möchte Ihnen noch einmal versichern, dass wir alles tun werden, um die Golfküste in den Zustand zu bringen, in dem sie sich vor dem bedauernswerten Unfall präsentiert hat.«

»Ob es sich um einen bedauernswerten Unfall oder eher eine eklatante Nachlässigkeit der Betreiber Ihrer

Bohrinsel handelte, möchte ich mal dahingestellt sein lassen«, erwiderte Rosanna Martinez, ohne ihr Lächeln zu verlieren. »Fragen wir lieber die Einheimischen, die armen Menschen, die auf den Florida Keys zu Hause sind und sich bisher nur vor Hurrikans zu fürchten brauchten. Fragen wir sie, wie sie den Tod der beiden Delfine beurteilen.«

Sheyna und Andy hatten keine Lust, ihre Meinung im Fernsehen kundzutun, entkamen der gerissenen Reporterin aber nicht. Ihre scharfen Augen hatten die Ölflecken auf Sheynas Armen und Beinen entdeckt. »Diese junge Dame zum Beispiel«, sagte die Reporterin. Aus der Nähe sah sie nicht mehr ganz so jung und hübsch aus wie im Fernsehen. »Wie heißen Sie, Miss?«

»Sheyna Kendall«, antwortete sie. »Meine Eltern betreiben ein Restaurant, das ›Happy Pelican‹, in Marathon. Dort gibt es den besten Fisch der Keys.«

Rosanna Martinez war überrascht, wie routiniert Sheyna den Auftritt für etwas Werbung nutzte. »Sheyna«, fuhr sie fort, »Sie haben dunkle Flecken an den Armen und Beinen. Gehe ich recht in der Annahme, dass es sich um Ölflecken handelt? Wie ist das passiert?«

Sheyna erzählte es ihr in knappen Worten, berichtete auch von den bunten Fischen, die vor den Ölschlieren geflohen waren. »Ich glaube nicht, dass das Öl von einem Fischerboot oder einem Jet-Ski stammt«, sagte sie, »so viel Öl kann nur von der explodierten Bohrinsel kommen. Das Öl ist nicht an der Oberfläche, wo es jeder sehen kann, sondern unter Wasser. Ich studiere Meeresbiologie am Miami-Dade-College und habe gelernt, wie stark die Strömungen im Golf von Mexiko sind. Sie bringen das Öl an unsere Strände.«

»Und im Restaurant Ihrer Eltern?«, gestattete die Reporterin noch etwas Werbung. »Werden sie auch weiterhin frischen Fisch servieren können?«

»Mein Vater ist ein großartiger Koch«, ergriff sie die Gelegenheit beim Schopf, »er verarbeitet nur erstklassige Ware. Falls der Fisch nicht einwandfrei sein sollte, serviert er gefüllten Truthahn mit Püree, das kann er auch.«

Rosanna Martinez zeigte ihre strahlend weißen Zähne und wandte sich an Andy. »Und Sie? Ich nehme an, Sie sind der Freund von Miss Kendall.«

Andy errötete. »Ich bin Andy Fletcher. Ich arbeite im Dolphin Research Center. Dort kümmern sich Fachkräfte um verletzte Delfine. Sie werden alles tun, um ein Delfin- und Fischsterben zu verhindern. Wenn International Oil wirklich an der Natur interessiert wäre, würden sie unserem Center und anderen Instituten das nötige Geld für die Rettung der Flora und Fauna spenden.«

»Vielen Dank, Sheyna und Andy«, sagte die Reporterin in die Kamera. »Rosanna Martinez, Channel 4 News in Miami/Fort Lauderdale, Florida.«

7

Eigentlich war Sheyna der Appetit beim Anblick der toten Delfine vergangen, doch den dampfenden Spaghetti ihres Vaters konnte sie nicht widerstehen. Andys leuchtende Augen verrieten ihr, dass es ihm ähnlich ging. Auf den Nudeln, *al dente*, wie sie kein anderer Koch auf den Keys hinbekam, lagen große, mit Knoblauch gewürzte Shrimps, so dick und saftig, wie man sie sonst nur in den Vier-Sterne-Restaurants von Miami oder Fort Lauderdale bekam.

»Du hast dich wieder mal selbst übertroffen, Dad«, lobte Sheyna ihren Vater. »Bist du sicher, dass deine Vorfahren nicht aus der Toskana kamen?«

»Jersey«, erwiderte er grinsend, »hört man das nicht? Und deine Mutter ist aus Nebraska, das weiß ich mit Sicherheit, denn vor unserer Hochzeit hab ich ihre Geburtsurkunde gesehen. Aber hier haben schon Italiener gegessen, die dachten, ich komme aus Florenz. Vielleicht gab's mal einen entfernten Mafia-Großvater.«

»Das schmeckt wirklich toll!«, sagte Andy begeistert. Er stopfte sich einen großen Bissen in den Mund. »So gut hab ich schon lange nicht mehr gegessen. Spaghetti mit Tomatensoße aus der Dose waren im letzten Jahr das Höchste für mich. Und bei mir schmecken die Nudeln lange nicht so gut.«

»Die einfachsten Gerichte sind am schwierigsten zuzubereiten.«

»Vielen Dank, Mister Kendall.«

»Bobby … sag Bobby zu mir. So nennt mich hier jeder.« Man sah ihm an, wie sehr ihn Andys Lob freute. »Dem Freund der Tochter sollte man nur das Allerbeste servieren. Ein altes italienisches Sprichwort.«

Andy errötete. »Ehrlich gesagt kennen wir uns erst seit heute Morgen.«

»Er war bei den Männern, die mir das Leben gerettet haben«, fügte Sheyna rasch hinzu.

»So dramatisch war's nicht«, versuchte Andy die Aktion herunterzuspielen. »Sheyna ist allein durch den Sturm gekommen. Wenn ich nicht gewesen wäre, hätte sie die Küstenwache abgeschleppt. Ich war zuerst bei ihr, das war alles.« Er blickte Sheyna an. »Sie haben eine tapfere Tochter, Mister … Bobby. Jedes andere Mädchen hätte in einem solchen Unwetter durchgedreht.«

»Mädchen? Ich bin zwanzig …«

»Mein Mädchen«, sagte Bobby Kendall liebevoll.

»Andy arbeitet im Dolphin Research Center«, sagte Sheyna, bevor sie noch weitere Liebeserklärungen bekam. Zu viel Aufmerksamkeit war ihr peinlich.

»Ich will Delfintrainer werden«, bestätigte Andy. »Mir hat mal ein Delfin das Leben gerettet und irgendwie muss ich mich ja bedanken. Ist eine lange Geschichte.« Bei dem Gedanken an den Hai-Angriff zeigte er eine säuerliche Miene. »Ich hoffe nur, dass es in ein paar Jahren noch Delfine gibt. Aber wenn die Ölkonzerne so weitermachen, sehe ich schwarz. Sie hätten diese beiden Manager sehen sollen, Mis... Bobby. So arrogante Leute hab ich schon lange nicht mehr erlebt. Anstatt hier dumme Sprüche zu machen, sollten sie lieber ein paar Millionen für den Erhalt unserer Natur spenden. Ich ...«

Der Anblick der beiden Gäste, die in diesem Moment das Restaurant betraten, ließ ihn mitten im Satz verstummen. Auch Sheyna und ihr Vater blickten erstaunt zur Tür. Ausgerechnet in ihrem Lokal ließen sich Monica Brecard und Randy Wood blicken. Sie warteten im Vorraum, der mit dem Speisesaal durch einen breiten Gang verbunden war, und betrachteten die zahlreichen Fotos an den Wänden. Signierte Bilder von prominenten Gästen, selbst Jimmy Buffett hatte schon mal im »Happy Pelican« gegessen, aber auch Fotos aus der Geschichte des Restaurants und der Florida Keys. Sogar einige Kinderfotos von Sheyna waren darunter. Das schönste zeigte sie auf dem Arm ihrer Mutter, daneben stand ihr Vater, damals noch rank und schlank, neben einem großen Schwertfisch, den er während eines Segeltrips gefangen hatte.

»Die Manager von International Oil«, raunte Sheyna ihrem Vater zu. Sie stand auf und ging den beiden entgegen. Ihre Mutter war gerade nicht im Restaurant und irgendjemand musste dic beiden zu einem Tisch führen. Der Bedienung, die früher dafür zuständig gewesen war, hatte ihr Vater leider kündigen müssen, und die einzige andere Bedienung arbeitete nur abends.

»Ah … Miss Kendall, wenn ich nicht irre?«, begrüßte sie die PR-Frau. Sie schien sich Mühe zu geben, ihr einigermaßen freundlich zu begegnen. »Ich habe gehört, wie die Reporterin sie so genannt hat. Ein interessantes Interview und geschicktes Product-Placement. Die Werbung für das Restaurant Ihrer Eltern haben Sie sehr gekonnt untergebracht. Und ich dachte, so was können nur Profis.« Sie blickte in den Speiseraum, in dem außer Andy nur wenige Gäste saßen. »Hier gibt es also den besten Fisch der Florida Keys.«

»Das war nicht gelogen, Miss Brecard«, erwiderte Sheyna, »Sie können sich gerne selbst davon überzeugen. Wenn Ihre Firma ein bisschen mehr auf die Sicherheit ihrer Bohrinseln achten würde, wäre heute Mittag mehr los, und heute Abend bräuchten Sie eine Reservierung, sonst kämen Sie vor lauter Leuten gar nicht rein. Aber was soll's … wenn Sie so weitermachen, gibt es sowieso bald keine Fische und keine Schalentiere mehr im Meer und Sie müssen dann was anderes als Krabbencocktail zur Vorspeise bestellen. Haben Sie sich schon mal vor Augen geführt, was alles passiert, wenn Sie die Ozeane mit Ihrem Öl verseuchen? Sie töten alles Leben im Meer und nicht nur das … Sie bringen den gesamten Kreislauf der Natur aus dem Gleichgewicht.«

»Panikmache, nichts als Panikmache«, warf Randy Wood ein. »So was bekommen wir jeden Tag zu hören. Von Greenpeace und wie diese Aufrührer noch alle heißen.« Er wandte sich an seine Begleiterin. »Müssen wir unbedingt hier essen, Monica? Weiter unten ist ein McDonald's, der tut es doch auch.«

Monica Brecard überhörte ihn, als wäre er ein kleiner Junge, der ihr zu gehorchen hatte. »Sie mögen uns nicht besonders, was?«, sagte sie zu Sheyna.

»Ist das ein Wunder?«, erwiderte Sheyna. »Würden Sie die Leute mögen, die Ihre Heimat und die Existenz Ihrer Eltern zerstören? Die nur mit den Schultern zucken, wenn sie ölverschmierte Meerestiere und Vögel sehen?«

Die PR-Dame blieb ruhig. Anscheinend wurde sie nur aggressiv, wenn sie Zuschauer hatte. »Wir arbeiten für International Oil«, sagte sie, »wir leiten den Konzern nicht. Die Entscheidungen treffen andere. Aber Sie müssen sich von der Vorstellung frei machen, in der Chefetage säßen lauter Unmenschen. Auch unsere Chefs wollen die Natur nicht zerstören. Warum auch? Sie erfreuen sich genauso sehr an Tieren und Pflanzen wie Sie und ich. Was meinen Sie, wie streng die Auflagen für die küstennahe Förderung von Öl sind und wie viel Geld sie in die Sicherheit unserer Bohrinseln investieren? Sie haben auch Kinder und Enkel, denen sie eine intakte Welt hinterlassen wollen. Die Explosion der Ocean Queen war ein bedauerlicher Unfall, der eigentlich gar nicht hätte passieren dürfen. Nicht wahr, Randy? Ich habe doch recht, oder?«

»Ich weiß nicht, was wir hier sollen, Monica, ich ...«

»Hast du keinen Hunger, Randy?«, erwiderte sie. Obwohl Randy Wood ein erfolgreicher Manager bei

International Oil war und ihr Befehle erteilen konnte, ging sie wenig respektvoll mit ihm um. Sheyna hatte den Verdacht, dass die beiden etwas miteinander gehabt hatten und er sie nicht gegen sich aufbringen wollte, weil er sich davor fürchtete, seine Frau könnte davon erfahren.

Monica Brecard deutete auf eines der Fotos an der Wand. Es zeigte einen mächtigen Meeressäuger, der aus der Entfernung wie ein Wal aussah. »Was ist denn das für ein seltsames Tier?«, wechselte sie geschickt das Thema.

Sheyna sah keinen Grund, ihr die Auskunft zu verweigern. »Ein Manati«, erklärte sie, »das ist so eine Art Seekuh. Manatis sind beinahe so gefährdet wie die Florida-Panther. Die meisten werden durch Schiffsschrauben getötet. Wenn die Leute nicht mehr Rücksicht nehmen, wird man sie bald nur noch in SeaWorld bewundern können.« Sie verkniff sich die Bemerkung, dass auch das auslaufende Öl den schwerfälligen Manatis gefährlich werden konnte.

»Interessant. Und das ist wohl ein Krokodil?«

»Ein Alligator«, verbesserte Sheyna. »Krokodile gibt es nicht in Florida, jedenfalls nicht viele. Alligatoren sind kleiner, leben ruhiger als ihre wilden Verwandten und deshalb doppelt so lange. Das ist wie bei den Menschen. Wer ständig unter Stress steht, stirbt ein paar Jahre früher.« Sie bemühte sich um einen nicht allzu spöttischen Tonfall, musste aber dennoch grinsen. Miss

Brecards Miene war einfach zu entsetzt, um sich das Lachen zu verkneifen. »Das war Toby. Er lebte in einem der Kanäle auf Big Pine Key, als ich zur Highschool ging. Ein Jäger erschoss ihn, nachdem er einem Touristen, der ihn füttern wollte, eine Hand abgebissen hatte. Dabei steht überall, dass man Alligatoren nicht füttern soll, schon gar nicht mit Marshmallows, wie es manche Fremdenführer tun. Wenn man Alligatoren füttert, werden sie abhängig vom Menschen und beißen jedes Mal zu, wenn man ihnen zu nahe kommt. Eigentlich war Toby ein friedlicher Zeitgenosse. Wenn die Touristen den armen Kerl nicht ständig gefüttert hätten …«

Sehr zum Unwillen ihres Begleiters sah Monica Brecard sich noch ein weiteres Foto an. Es zeigte Sheyna im Trikot ihres Fußballteams neben einem Spieler von Inter Mailand. Ihre Augen begannen zu leuchten. »Hey, das ist doch Lúcio! Einer unserer Besten! Lucimar da Silva Ferreira.«

»Sie interessieren sich für Fußball?«, staunte Sheyna.

Sie blickte immer noch auf das Foto. »Ich war mit einem brasilianischen Fußballer verheiratet. Nichts Besonderes, weder fußballerisch noch privat, aber ich war damals noch jung und wusste es nicht besser. Ich ging mit ihm nach Brasilien und lebte dort zwei Jahre mit ihm zusammen. Seitdem sehe ich mir alle Spiele der brasilianischen Nationalmannschaft an. Lúcio ist mein Lieblingsspieler, der spielt europäisch und doch irgendwie brasilianisch.«

»Sie kennen sich wirklich aus.«

Miss Brecard löste sich von dem Bild und lächelte sogar, sehr zum Unverständnis ihres Begleiters, der überhaupt nicht mehr wusste, woran er mit ihr war. »Sie werden lachen, ich weiß sogar, was Abseits ist. Mit Football und Baseball kann ich gar nichts anfangen, aber wenn Brasilien spielt, ah, das ist was anderes, dann geht mir das Herz auf. Obwohl die Trennung von meinem Mann nicht gerade stressfrei verlief. Sind Sie das im Miami-Dade-Trikot?«

»Ich spiele in der ersten Mannschaft.«

»Mittelfeld?«

»Woher wissen Sie das?«

»Sie sind der Typ dafür, ausdauernd und wendig und mit dem nötigen Überblick. Die richtige Frau für die Sechserposition.« Neugierig geworden ging sie ein paar Schritte weiter und blieb vor einem großen Foto stehen, das Sheyna im Kreis ihrer Delfine zeigte. Ihr Vater hatte es während eines Tauch- und Schnorcheltrips zum Riff aufgenommen. Sheyna paddelte im Wasser, die Taucherbrille auf der Stirn, und um sie herum sprangen Teresa und ihre Artgenossen aus den Wellen. Teresa schlug einen halben Salto und schien in die Kamera zu lächeln. »Die Delfine wissen sich aber auch zu bewegen.«

»Sie haben Spaß an solchen Kunststücken, nicht so wie in SeaWorld, wo sie auf Kommando springen müssen. Die hübsche Delfindame, die den Salto schlägt, ist Teresa. Sie hat jedes Mal auf mich gewartet, wenn ich zum Dolphin Reef rauskam, wie ein Hund, der mit einem spielen will. Sie und ihre Verwandten. Die ganzen letzten Jahre waren sie am Riff, selbst dann, wenn ich mal einige Wochen nicht draußen war. Nur heute Morgen … heute waren sie nicht da.«

»Sie kommen wieder, Miss Kendall. Sie kommen bestimmt wieder.«

»Sheyna.«

»Okay, Sheyna … So, jetzt habe ich aber Hunger.« Sie blickte ihren Begleiter an. »Mal sehen, ob es hier wirklich den besten Fisch auf den Keys gibt.«

»Darauf können Sie wetten«, sagte Sheyna. Sie führte die beiden zu einem Fenstertisch, weit genug von Andy und den anderen Gästen entfernt, damit sie ungestört reden konnten, und reichte ihnen die Speisekarten. »Der Grouper ist heute ganz frisch«, empfahl sie, »und wenn ich Ihnen einen Geheimtipp geben darf: Spaghetti mit Shrimps, so was Gutes haben Sie noch nicht gegessen. Besser als mein Vater bereitet sie keiner auf den Keys zu.«

»Okay, die nehmen wir«, sagte die Miss Brecard. »Und ein Wasser.«

»Meinetwegen«, willigte Randy Wood ein. »Für mich Kaffee.«

Sheyna nahm ihnen die Speisekarten ab und verschwand in die Küche. Im Vorbeigehen blinzelte sie Andy zu. Monica Brecards Interesse für den brasilianischen Fußball hatte sie etwas sympathischer gemacht, es ließ zumindest erahnen, dass sich hinter der Fassade der eiskalten Managerin ein Mensch aus Fleisch und Blut verbarg, aber Sheyna machte sich nichts vor: Sobald Monica Brecard den »Happy Pelican« verlassen hatte, würde sie sich wieder in die falsche Schlange verwandeln, die sie vorher gewesen war. So musste man wohl sein, wenn man Öffentlichkeitsarbeit für einen Ölkonzern betrieb. Sie würde ihre Firma nach allen Regeln der Kunst verteidigen und notfalls auch nicht vor dreisten Lügen zurückschrecken. Jedes Schuldeingeständnis hätte ihre sofortige Kündigung bedeutet. In Sheynas Augen waren die meisten Public-Relations-Mitarbeiterinnen falsche Schlangen, sie versorgten die Medien nur mit geschönten Berichten, die ihre Firma in einem günstigen Licht dastehen ließen. Verabscheuungswürdig und unmoralisch, zumindest dann, wenn es um die Existenz anderer Menschen ging.

»Sind das nicht ...«, begann ihr Vater, als sie in die Küche kam.

»Ja, das sind Monica Brecard und Randy Wood. Er ist Chief Operating Officer der Gulf Coast Restoring Organization bei International Oil, so heißt das wirklich, und sie macht die Öffentlichkeitsarbeit. Du hättest mal sehen sollen, wie die mit den Deputys umgesprungen sind. Aber sie interessiert sich für Fußball ... was nicht heißt, dass sie keine eiskalte Schlange ist. Mach ihnen trotzdem was Schönes zu essen. Spaghetti mit Shrimps für beide. De luxe, okay? Wir wollen uns nicht nachsagen lassen, wir würden unsere Feinde nicht großzügig bewirten.« Sie nahm eine Wasserflasche aus dem Kühlschrank und zapfte heißen Kaffee für den Manager aus der großen Kanne. »Irgendwie weigere ich mich zu glauben, dass diese Typen von den Konzernen wirklich so kalt sind, wie sie tun.«

»Du warst immer eine Idealistin, Sheyna.«

»Seit wann ist das ein Schimpfwort?«

Sie brachte Monica Brecard und Randy Wood die Getränke, unterbrach dadurch ihre angeregte Unterhaltung oder das Streitgespräch, wenn man nach seiner ärgerlichen Miene ging, und kehrte zu Andy an ihren Tisch zurück.

»Was war das denn?«, empfing Andy sie verwundert. »Ich dachte, du schmeißt die Typen hochkantig raus. Hast du vergessen, was sie uns an den Kopf geworfen haben? Als hätten wir von der ganzen Sache keine Ahnung. Damit rechnen sie ja, dass die meisten Menschen zu dumm sind, um über die Auswirkungen ihrer Fehler nachzudenken. Die wollen ihren schnellen Profit, auch die da drüben am Tisch, oder meinst du, die haben keine Aktien von International Oil in ihrem Bankfach? Die wollen einen Reibach machen, möglichst schnell, denen ist es völlig egal, wer dabei auf der Strecke bleibt. Nach ihnen die Sintflut. Solchen Leuten muss man einen Riegel vorschieben, und zwar schnell!«

»Ich dachte, du interessierst dich nicht mehr für Politik«, erwiderte Sheyna lachend. Sie setzte sich und trank einen Schluck von ihrem Wasser. »Gegen die großen Konzerne kommt man doch sowieso nicht an, schon vergessen?«

Andy hatte seine Spaghetti bereits aufgegessen und nichts dagegen, dass sie ihm einige von ihren Nudeln und Shrimps auf den Teller schob. »Stimmt ja auch, aber Typen wie die beiden treiben mich trotzdem zur Weißglut. Was für kalte Augen die draußen hatte, und er tut so, als wäre das alles vollkommen normal. Die scheren sich einen Dreck darum, dass Hunderte Fischer ihre Arbeit verlieren, wenn das Öl die Meere verdreckt, und dass keine Gäste mehr in den ›Happy Pelican‹ kommen, weil dein Vater keinen frischen Fisch mehr kriegt. Oder meinst du, die kommen für den Schaden auf? Die überweisen nur in eine Richtung, und die führt auf ihre eigenen Konten.«

»Eben war sie ganz normal«, erwiderte Sheyna, »nur für ein paar Minuten, aber immerhin. Da ist noch nicht alles verloren. Sie interessiert sich für Fußball, stell dir vor! Sie war mit einem brasilianischen Fußballer verheiratet. Hab ich dir schon erzählt, dass ich für Miami-Dade spiele? Sie wusste sogar, was Abseits und Sechserposition sind. Weißt du, was das ist, die Sechs?«

»Klingt unanständig.«

»Und als sie ein Foto von mir und meinen Delfinen sah, hatte ich den Eindruck, dass sie nachdenklich wurde. Mag ja Einbildung sein, aber wer weiß.«

»Du glaubst noch an das Gute im Menschen, was?

»Du nicht?«

Sheyna blickte zu Monica Brecard und Randy Wood, die bereits ihre Spaghetti bekommen hatten. Nach ihren zufriedenen Mienen zu urteilen, schmeckte es ihnen. Der Manager nickte seiner Begleiterin sogar anerkennend zu. Doch dann klingelte ihr Handy und die Pause war vorbei.

»Wie bitte? Noch ein Delfin?«, rief Monica Brecard so laut, dass es alle hören konnten. »Wir kommen! Wir sind in ein paar Minuten bei Ihnen, okay?«

Sie steckte das Handy weg, warf einige Dollarscheine auf den Tisch und rannte zum Ausgang. Randy Wood folgte ihr besorgt. Im Laufen griff er nach seinem Handy und drückte eine eingespeicherte Nummer. Er sagte etwas, das sie nicht verstanden, aber besonders positiv klang sein Tonfall nicht.

»Hinterher!«, rief Andy.

8

Als Sheyna und Andy den Highway erreichten, waren Monica Brecard und Randy Wood bereits auf der anderen Seite. Die Insel war eine halbe Meile vor der Brücke, so schmal, dass man innerhalb weniger Minuten vom Golf von Mexiko zum Atlantik laufen konnte.

Der Hafen lag gegenüber vom Restaurant, ein kleiner Bootsanleger mit mehreren Anlegestellen für private Boote, dem Bootsverleih ihrer Eltern und dem langen Kai für die kommerziellen Fischer.

Auf der Atlantikseite gab es keinen Gehweg, und Monica Brecard und Randy Wood waren gezwungen, über den holprigen Rasen und den mit abgestorbenen Palmwedeln bedeckten Kies zu laufen, der das abfallende Ufer bedeckte. Weder sie in ihrem Kostüm und ihren Pumps noch er, der sich zu Hause wohl nur in einem Mercedes oder BMW bewegte, kamen schnell voran. Noch vor dem Hafenbecken hatten Sheyna und Andy sie eingeholt.

Welche Aufregung bei den Booten herrschte, konnte man schon aus der Ferne sehen. Zwei Streifenwagen mit flackernden Lichtern parkten dicht am Ufer. Auf dem Kai, der den größeren Booten der Berufsfischer vorbehalten war, standen mehrere Schaulustige. Ein Truck-Fahrer bremste kurz, rief etwas durchs offene Beifahrerfenster und fuhr weiter. Sogar der Fahrer eines Reisebusses mit Touristen hielt und wollte die Türen öffnen, als ihn einer der uniformierten Deputys mit ungeduldigen Gesten aufforderte weiterzufahren.

Sheyna erreichte den Hafen vor den anderen, ignorierte den Deputy, der sie aufhalten wollte, und rannte zum Ufer. »Wo ist er?«, rief sie nervös. »Wo ist der tote Delfin? Was steht ihr hier denn alle rum? Wo ist der tote Delfin?«

»Der tote Delfin?«, rief Heck Ramsey spöttisch. Er betonte jedes einzelne Wort. »Drei habe ich gesehen, drei tote Delfine, ungefähr zwei Meilen von hier im Golf. Und ich will verdammt sein, wenn sie nicht voller Öl waren!«

»Sie sind gar nicht hier?«

»Wie denn?« Hector »Heck« Ramsey war ein stämmiger Bursche mit verwittertem Gesicht und buschigen Augenbrauen. Die Narbe auf seiner rechten Wange stammte von einer Schlägerei im Hafen von Miami, wo er nach der Highschool gearbeitet hatte. Der Bruder einer hübschen Kubanerin, die er in seine schäbige Bleibe gelockt hatte, war wenig zimperlich gewesen. Ramsey ging keiner Schlägerei aus dem Weg, besonders wenn es um Frauen ging. Leider überschätzte er seine Fähigkeiten maßlos und zog meist den Kürzeren.

Seine Frau, ebenfalls eine eingewanderte Kubanerin, hatte ihn verlassen, als sie ihn mit einer »jungen Schlampe«, wie sie die kurz berockte Tänzerin tituliert hatte, vor einem Nachtklub in Key West erwischt hatte. Sie hatte sich scheiden lassen und war mit ihrem gemeinsamen Sohn Johnny nach Miami gezogen. Als sie wenige Jahre später einen Kubaner geheiratet und kaum noch Zeit für ihn gehabt hatte, war der halbwüchsige Johnny zu seinem Vater auf die Keys zurückgekehrt.

Die beiden waren nicht besonders beliebt in Marathon, auch bei den anderen Fischern nicht, und manche hatte die beiden sogar in Verdacht, ihre Haushaltskasse mit Schmuggelfahrten aufzubessern. Bis zu den Bahamas war es nicht weit, und Fischerboote wurden selten kontrolliert. Nur einmal, als ein Unbekannter die Küstenwache angerufen hatte, war ihr Boot gefilzt worden, aber außer einer angebrochenen Flasche kubanischem Rum hatte man nichts gefunden. Entweder waren die Ramseys unschuldig oder überaus geschickt.

»Dann gibt's hier gar keine toten Delfine?«, rief Randy Wood. Zwischen den Fischern in ihrer Arbeitskleidung und den neugierigen Urlaubern in bunten Shorts und T-Shirts wirkte er in seinem maßgeschneiderten Anzug wie ein Wesen vom anderen Stern. »Es war alles nur ein blinder Alarm?«

»Nicht ganz«, ließ sich Chief Duggan vernehmen. Er war mit einem der Streifenwagen gekommen. »Oder meinen Sie, ich rufe Sie nur aus Jux an? Heck Ramsey hat drei tote Delfine gesehen.«

»Er kann sich geirrt haben«, mischte sich Monica Brecard ein.

»Geirrt?«, reagierte Ramsey ungläubig. »Sehe ich vielleicht wie ein Blinder aus? Ich hab Augen im Kopf, Ma'am, und wenn ich sage, ich hab drei tote Delfine gesehen, dann hab ich sie auch gesehen. Fragen Sie Johnny, meinen Sohn, der hat sie auch gesehen. Der hat die toten Viecher sogar berührt.«

»Das hab ich, Ma'am.« Johnny sah seinem Vater kaum ähnlich, hatte nur seine unsteten Augen und seine kräftige Statur geerbt. Er trug Jeans und ein verblichenes T-Shirt mit einem Spruch, den man nicht mehr lesen konnte.

»Zeig ihr deine Hände, Johnny!«, forderte ihn sein Vater auf.

Johnny hob seine Hände und drehte die Handflächen nach außen. Sie waren ölverschmiert. Auch an seinen Armen war Öl, ähnlich wie bei Sheyna, als sie am Dolphin Reef nach ihren Delfinen gesucht hatte. Inzwischen bemerkte sie selbst aus der Entfernung, dass es sich um kein gewöhnliches Maschinenöl handelte. Dieses Öl war sehr viel dunkler und schmieriger und klebriger.

»Zuerst dachte ich, die Viecher hätten sich in unserem Netz verfangen, aber so war's nicht. Sie trieben auf dem Wasser mit dem Bauch nach oben, als wären sie vergiftet worden. Drei Delfine ... sahen wie verbranntes Treibholz aus, so schwarz waren die. Wir wollten sie an Bord holen, um einen Beweis zu haben, weil wir uns schon dachten, dass Sie uns nicht glauben würden, aber das klappte nicht. Die Viecher waren zu schwer. Und als wir ein Netz nach ihnen auswerfen wollten, waren sie schon verschwunden.«

»Wie sahen Sie aus?«, rief Sheyna ungeduldig. »So wie die Delfine am Dolphin Reef? War ein fröhliches Delfinweibchen mit besonders lustigen Augen dabei?«

»Fröhlich? Mit lustigen Augen?« Heck Ramsey blickte sie verständnislos an. »Die waren tot, Missy, mausetot, fröhlich waren die bestimmt nicht mehr. Und die Augen, die waren geschlossen. Keine Ahnung, woher die kamen.«

Monica Brecard schien sich an das Foto von Sheyna und ihren Delfinen zu erinnern und wechselte einen raschen Blick mit ihr, besann sich aber gleich wieder darauf, in welchem Auftrag sie hier war. »Solange wir keine Beweise haben, dass die Delfine an dem Öl aus unserer Bohrinsel zugrunde gegangen sind, können wir die Verantwortung leider nicht übernehmen«, sagte sie kühl. »Im Golf von Mexiko treiben öfter tote Fische, sogar Wale und Delfine, auch deshalb, wie ich mir von wohlgemerkt unabhängigen Wissenschaftlern habe sagen lassen, weil kommerzielle Fischer bestimmte Bereiche des Meeres überfischt haben und kaum noch Nahrung für sie übrig ist. Einige Delfine sollen gestorben sein, weil sie wanderten und in kalte Strömungen gerieten.«

»Hört, hört«, spottete eine der Fischer, »die Lady hat ihre Hausaufgaben gemacht. Waren Sie überhaupt schon mal draußen auf dem Meer?«

»Nicht nur einmal, Mister«, antwortete sie.

»Auf dem Boot, das sie zur Bohrinsel gebracht hat, was? Oder auf einer schicken Jacht mit Champagner und Kaviar. Ich hab doch recht, Miss, oder?«

»Mein Privatleben steht hier nicht zur Debatte, Mister.«

»Und das Öl hab ich mir wohl eingebildet?«, meldete

sich Heck Ramsey. »Was meinen Sie, was da draußen los ist? Ihr Hubschrauber nutzt Ihnen da nichts. Steigen Sie ein und kommen Sie mit, dann zeige ich Ihnen, was ich meine. Stecken Sie Ihren Arm ins Wasser oder noch besser, springen sie rein und tauchen Sie ein bisschen. Was meinen Sie, wie Sie danach aussehen? Nicht mehr so hübsch wie jetzt, das kann ich Ihnen versprechen. Sie können von Glück sagen, wenn Sie keine toten Fische an der Haut kleben haben.«

»Wie schon mehrmals gesagt«, ging die PR-Frau gar nicht auf den Fischer ein, »wir sind ebenso um die Natur besorgt wie jeder andere auch und tun alles, was in unserer Macht steht, um die Auswirkungen der Ölpest so gering wie möglich zu halten. Wir investieren riesige Summe in dieses Anliegen.«

»Und der Papst ist evangelisch, na klar!«, erklang die vertraute krächzende Stimme von Rooster Baldwin. Er stand vor seiner Werkstatt, seine Tochter Emily war durch das Schaufenster seines Ladens zu sehen. »Ein Konzern wie International Oil investiert doch nur, wenn es um den eigenen Vorteil geht, das wissen Sie doch besser als ich. Vor den Fernsehkameras werfen Sie mit Sprüchen um sich und behaupten, Sie würden die notleidenden Fischer unterstützen und ihnen die Ausfälle ersetzen. Von wegen, kaum sind die Kameras aus, wollen sie von Ihren Versprechungen nichts mehr wissen. Und das Leben im Meer ist Ihnen doch egal. Hauptsache, das Öl bringt Ihnen ordentlich was ein!«

»Noch haben wir keinen schlüssigen Beweis dafür, dass das ausgelaufene Öl tatsächlich die Florida Keys erreicht hat«, wiederholte Monica Brecard gebetsmühlenartig, »daran ändern weder die toten Delfine von heute Morgen noch die Aussagen dieses Fischers etwas.« Sie blickte Heck Ramsey an. »Für beide Vorfälle wären andere Erklärungen viel wahrscheinlicher. Mag sein, dass ein wenig Öl von der Strömung in diese Richtung getrieben wurde, aber die Menge würde auf keinen Fall ausreichen, um Delfine oder Fische zu töten. Das Öl verflüchtigt sich unter Wasser und wird durch die Abwehrmechanismen von Organismen im Meer abgebaut, sogar größere Mengen werden auf diese Weise neutralisiert. Das beweisen Untersuchungen, die nach dem Unfall der Exxon Valdez von unabhängigen Wissenschaftlern gemacht wurden.«

»Unabhängige Wissenschaftler? So was gibt's doch gar nicht!«

»Dennoch haben wir beschlossen, bis zur endgültigen Klärung der Situation auf den Keys zu bleiben. Wir stehen in ständiger Verbindung mit unserer Zentrale und halten Sie über die Entwicklung auf dem Laufenden. Betrachten Sie uns nicht als Feinde. International Oil hat nicht das geringste Interesse daran, die Natur zu zerstören, geschweige denn, die Menschen auf den Keys zu verärgern oder um ihre Jobs zu bringen. Wir sind auf Ihrer Seite, okay?«

Monica Brecard hielt diese Sätze für ein gutes

Schlusswort und forderte ihren Begleiter mit einer Kopfbewegung auf, den Schauplatz zu verlassen. Als verantwortliche Managerin für Öffentlichkeitsarbeit konnte sie nicht an längeren Diskussionen interessiert sein. Die Gefahr, in der Erregung etwas Unbedachtes zu sagen und vom Fernsehen oder der Presse mit einem kernigen Satz zitiert zu werden, war zu groß. Sie stiegen die Böschung zur Straße hinauf.

»Und jetzt?«, hörte Sheyna den Manager fragen.

»Besorgen wir uns einen Mietwagen und suchen uns ein Hotel«, erwiderte sie.

Doch gerade als sie die Straße überqueren wollten, rauschte der Übertragungswagen von Channel 4 News heran und Rosanna Martinez trat ihnen mit einem Mikrofon entgegen. Anscheinend hatte sie einer der Fischer angerufen und sie über die neuste Entwicklung informiert. Als Reporterin brauchte man seine Spione.

»Mister Wood, Miss Brecard«, sprach sie die beiden an. Ihr Lächeln war immer gleich, egal ob sie über einen Mord oder eine Prominentenhochzeit berichtete. »Vor der Küste der Florida Keys entdeckte ein Fischer drei tote ölverschmierte Delfine im Wasser. Damit ist die Zahl der Delfine, die in dem Öl aus der explodierten Bohrinsel erstickt sind, auf fünf gestiegen, und wir reden hier wohlgemerkt nur von den Florida Keys. Was sagen Sie dazu?«

Monica Brecard antwortete mit denselben Argumenten wie bei den Fischern, formulierte aber noch glatter und unverfänglicher. Die Begabung, den übelsten Sachverhalt in nette Worte zu fassen, hatte sie besser drauf als jeder Politiker, das musste der Neid ihr lassen. Sie trieb man nicht so schnell in die Enge, nicht einmal Rosanna Martinez, die sich alle Mühe gab, den beiden Angestellten des Ölkonzerns eine unbedachte Äußerung zu entlocken. »Können wir davon ausgehen, dass Sie auch die Fischer in Florida finanziell unterstützen, falls sich die Ölpest ausbreiten und sie an ihrer Arbeit hindern sollte?«

»Wir von International Oil sind auf der Seite aller Menschen, die durch einen Unglücksfall auf die Verliererstraße getrieben werden«, antwortete Monica Brecard. Kein Wort von eventuellen Zahlungen. »Das Motto unserer Firma lautet: ›Von Menschen … für Menschen‹, und danach handeln wir jeden Tag.«

»Da hast du's!«, lästerte Andy. »Sie ist eine falsche Schlange.«

»Sieht ganz so aus«, musste Sheyna zugeben.

Im Hafen erhitzten sich inzwischen die Gemüter. Nachdem Chief Duggan und seine Deputys das Feld geräumt hatten, schimpften die Fischer wild durcheinander, bis sich die heisere Stimme von Rooster Baldwin durchsetzte: »Jetzt reicht's!«, schimpfte er so laut, dass es alle hören konnten. »Ihr habt die toten Delfine heute Morgen gesehen und ihr habt gehört, was die Ramseys sagen. Das verdammte Öl ist hier. Egal was diese arrogante Konzerntussi und ihr gegelter Manager behaupten … über kurz oder lang sieht es an unserer Küste genauso schlimm aus wie in Alabama und Nordwestflorida, und wir können alle einpacken. Scheiß auf die Delfine und ölverschmierte Pelikane, aber was machen wir, wenn es keine Fische mehr im Meer gibt? Wollt ihr dann alle umsatteln? Willst du Hamburger bei McDonald's verkaufen, Heck? Schwingst du einen Besen im Supermarkt, Larry? Bei mir könnt ihr nicht anfangen, ich gehe genauso pleite wie ihr. Oder meint ihr, irgendjemand braucht noch Ersatzteile für ein Boot oder will irgendwas reparieren lassen, wenn der Golf und der Atlantik schwarz wie Tinte sind? Glaubt ja nicht, dass euch die Ölfritzen den Verdienstausfall ersetzen. Ihr habt doch gesehen, was nach der anderen Explosion passiert ist. Da gab es zwei, drei Schecks, weil gerade das Fernsehen in der Nähe war, und das war's dann auch. International Oil gibt uns keinen Penny, wenn wir draufgehen, ist doch alles nur Geschwätz!«

»Rooster hat recht«, stimmte Heck Ramsey zu, »wir sollten hier nicht wie dumme Kälber rumstehen, die auf die Schlachtbank warten. Wir müssen was tun! Zeigen wir diesen verdammten Ölleuten, dass wir uns nicht alles gefallen lassen! Das ganze Gelaber bringt doch nichts. Gegen diese Manager kommen wir nicht an, das sind aalglatte Typen, die auf alles eine Antwort haben, besonders diese blonde Tussi. Die dreht dir das Wort im Mund um und im Fernsehen lässt sie sich noch als Heldin feiern. ›International Oil, der Konzern, der sich um die Menschen und ihren Lebensraum sorgt.‹ So ein Blödsinn! Am Schluss macht sie uns noch weis, dass sie zu Greenpeace gehören.«

»Und was willst du dagegen tun?«, rief Rooster Baldwin. »Ihr Hauptquartier in die Luft jagen? Ihnen tote Delfine vor die Tür legen? Alle Angestellten erschießen? Auf die Straße gehen und protestieren bringt doch auch nichts!«

»Lasst mich nur machen. Mir fällt schon was ein«, sagte Ramsey.

»Wir würgen ihnen eins rein, Dad«, begeisterte sich sein Sohn.

»Mit Gewalt erreichen wir gar nichts«, widersprach ihm Larry McCormick. Der bedächtige Captain, ein knapp fünfzigjähriger Mann mit kurzen Stoppelhaaren, der Touristen zum Hochseefischen fuhr, stand mit einem Kunden an der Reling seines Bootes. »Wir sollten uns einen Anwalt nehmen und vor Gericht gegen International Oil vorgehen.« Er blickte seinen Kunden an, einen übergewichtigen Texaner, dessen T-Shirt kaum seinen Bauch bedeckte. »Ich hatte öfter Anwälte an Bord. Die Leute in Alabama prozessieren auch.«

»Und was haben sie davon?«, widersprach Ramsey. »Gar nichts! So ein Prozess dauert mehrere Jahre. Selbst wenn wir alle zusammenlegen würden, hätten wir das Geld nicht, um so lange durchzuhalten. International Oil würde die Sache rauszögern, bis wir endgültig pleite sind. Die beschäftigen die besten Anwälte der Welt. Auf die Weise richtest du gar nichts gegen sie aus.«

Larry McCormick schüttelte den Kopf. »Mit einem Krieg aber auch nicht. Die hetzen dir einen Killer auf den Hals, wenn's sein muss. Wenn du mit einer Kanone auf die losgehst, jagen sie dich mit einer Bombe in die Luft.«

»Kleine Nadelstiche haben noch nie was geschadet«, war Ramsey sicher. Außer Gewalt war ihm noch nie ein Mittel eingefallen, wenn ihm was nicht in den Kram gepasst hatte, nicht einmal bei seiner Exfrau und seinen Freundinnen. »Seht euch die Scheißaraber an. Die jagen zwei Wolkenkratzer in die Luft und verschwinden auf Nimmerwiedersehen. So geht das, Leute!«

Bei diesen Worten erschrak sogar Rooster Baldwin. »Willst du etwa auf Terrorist machen? Sag so was nicht noch mal, Heck. Wenn dich der Sheriff oder die Typen vom FBI hören, wanderst du in den Knast.«

»Keine Angst, ich jage keine Wolkenkratzer in die Luft, und einen Selbstmordanschlag begehe ich erst recht nicht. Nein, aber ungestraft kommen diese Ölfritzen auch nicht davon, das verspreche ich euch. Ihr werdet sehen.«

Sheyna hätte sich am liebsten eingemischt, ließ es aber sein. In der ersten Erregung sagten diese Fischer manches, was sie später bereuten, auch ein grober Klotz wie Heck Ramsey und sein unterbelichteter Sohn. Sie würden bestimmt nichts unternehmen. Sie hatten genug damit zu tun, ihren Lebensunterhalt zu sichern, was auch ohne das ausgelaufene Öl nicht ganz einfach war.

In gewisser Weise verstand sie den Zorn der Männer. Nachdem die Regierung sie durch immer strengere Vorschriften gezwungen hatte, auf einen Teil ihres früheren Verdienstes zu verzichten, trieb sie die Ölpest an den Rand ihrer Existenz. Eine weitere Einbuße konnte sich keiner von ihnen leisten.

»Das sieht nicht gut aus«, sagte Andy, als sie zum Highway hinaufstiegen. »Noch so ein Zwischenfall und sie erklären die Keys zum Kriegsgebiet.«

»Das fehlte noch«, erwiderte Sheyna. Ihre Gedanken waren bei ihren Eltern, die ähnliche Sorgen wie die Fischer hatten. Vielleicht übersah sie deshalb die Frau am Straßenrand. Eine Frau um die dreißig, die am Kotflügel ihres Wagens lehnte, beide Hände vors Gesicht hielt und leise weinte.

9

Sie wollten gerade den Highway überqueren, als Andys Handy klingelte. Er ging dran, begrüßte Mary Conolly vom Dolphin Research Center und antwortete mit »Natürlich«, »Da bin ich dabei« und »Ich fahre gleich los«. Nachdem er sein Handy weggesteckt hatte, sagte er: »Das war's dann wohl mit meinem freien Tag. Sie wollen uns wegen der Ölpest briefen und eine große Suche nach verletzten oder verendeten Delfinen starten. Ich muss gleich los.«

»Kein Problem«, erwiderte Sheyna. »Ich hab auch eine Menge vor. Ich muss Wasserproben für eine Seminararbeit über die Beschaffenheit des Meeres testen. Ich hab schon so eine Ahnung, wie das Ergebnis aussehen wird.«

»Bestimmt nicht so wie früher«, sagte er ernst. Er zögerte einen Augenblick. »Gibst du mir deine Handynummer? Dann rufe ich dich an.« Er blickte sie unsicher an. »Du hast doch nichts dagegen, wenn ich dich anrufe?«

Sie lächelte. »Nein, dagegen habe ich bestimmt nichts.«

Sheyna wartete, bis Andy mit dem Boot des Dolphin Research Centers aus dem Hafen fuhr, winkte ihm noch einmal zu und kehrte nach Hause zurück. Ein zufriedenes Lächeln lag auf ihren Lippen. Obwohl sie fest entschlossen gewesen war, erst einmal Abstand von den Männern zu halten, war sie froh, Andy kennengelernt zu haben. Er war anders als die Jungs, die sie bisher getroffen hatte, das spürte sie, und vor allem anders als der Footballer Timmy.

»Ein netter Junge«, sagte auch ihre Mutter, »wirklich ein netter Junge.«

Ihr Vater hatte andere Sorgen. »Heck Ramsey hat drei tote Delfine gesehen?«, begrüßte er sie. Anscheinend hatte ihn ein befreundeter Fischer benachrichtigt. »Dann haben wir das Öl direkt vor unserer Haustür.«

»Leider«, bestätigte sie. »Ich glaube nicht, dass Ramsey lügt.«

Bobby Kendall seufzte. »Wenn ich nur wüsste, wie wir mehr Gäste in unser Restaurant locken könnten. Sobald sich das mit den toten Delfinen rumspricht, kommt doch kein einziger Tourist mehr. Und die Einheimischen haben auch kein Geld mehr, um essen zu gehen, wenn sie ihre Jobs verlieren.«

»Vielleicht hilft uns die Regierung«, sagte sie hoffnungsvoll. »In Alabama haben sie vielen Geschäftsleuten billige Kredite vermittelt, und bei den Steuern soll auch was passieren. Das werden sie bei uns sicher genauso machen.«

»Das glaubst du doch selbst nicht!«

Sheyna glaubte es tatsächlich nicht. Sie war nicht einmal davon überzeugt, dass die Regierung ihre Versprechen im stärker betroffenen Alabama halten würde. Erst vor ein paar Wochen war ein Bericht im Fernsehen über die Opfer des Hurrikans Katrina gekommen. Der Wirbelsturm hatte ganze Stadtviertel in New Orleans verwüstet, und viel zu viele der betroffenen Menschen hatten noch immer kein Dach über dem Kopf. Ohne die Initiativen von Kirchen und privaten Hilfsorganisationen passierte gar nicht. Bis das Geld der Regierung bei den Menschen ankam, vergingen wahrscheinlich noch etliche Jahre.

Mit einigen kleinen Wasserbehältern zog sie los. Einen füllte sie vor ihrem Restaurant auf der Golfseite, einen anderen im Hafenbecken gegenüber. Die aufgebrachten Fischer hatten sich inzwischen in die Werkstatt der Baldwins verzogen, dort gab es kostenlosen Kaffee, und wenn Rooster guter Laune war, spendierte er sogar Donuts oder Muffins. Nur Emily lehnte an der Mauer bei den Fischerbooten und schleckte an einem zweistöckigen Schokoladeneis.

»Schmeckt's?«, rief Sheyna übers Wasser.

»Besser als das Wasser in deinem Becher«, erwiderte sie spöttisch. »Sag bloß, das soll eine wissenschaftliche Untersuchung über die Ölpest werden.«

»Nur eine Hausaufgabe.« Sheyna hatte den spöttischen Unterton in Emilys Stimme bemerkt, hütete sich aber, darauf einzugehen. Obwohl ihre Freundschaft merklich abgekühlt war, wollte sie es sich nicht vollkommen mit Emily verderben. Irgendwann würde sich deren Eifersucht legen, auch wenn Andy nicht gerade dazu beigetragen hatte. Emily hätte sonst was für ein Date mit einem Jungen wie Andy gegeben, aber solange sie ihren Frust mit Schokoladeneis bekämpfte und so missmutig wie jetzt in die Gegend blickte, würde daraus nie etwas werden.

»Mach dir bloß nicht die Finger schmutzig«, sagte Emily.

Sheyna richtete sich auf und schraubte den Wasserbehälter zu. Irgendwie hatte sie das Gefühl, einen

Schritt auf Emily zugehen zu müssen. »Hey, willst du heute Abend zum Essen rüberkommen?«, fragte sie. »Mein Vater kocht uns was Gutes. Wir könnten ein bisschen über die alten Zeiten quatschen.«

»Das bringt doch nichts«, erwiderte Emily.

»Überleg dir's, okay?«

»Ich glaub nicht, dass ich Zeit hab.« Emily warf den trockenen Rest ihrer Eistüte den Fischen im Hafenbecken zu und verschwand im Laden. Hinter ihr fiel die Tür mit einem lauten Klingeln ins Schloss. Die melodischen Laute passten weder zu ihrer schlechten Laune noch zu der Stimmung der Fischer.

Sheyna verstaute den kleinen Wasserbehälter in ihrer Umhängetasche und lief zu dem schmalen Strand, auf dem sie die toten Delfine gefunden hatten. Der Sand wirkte sauber und rein, und auch das Wasser sah auf den ersten Blick nicht besonders schmutzig aus. Erst als sie ihren Behälter füllte, bemerkte sie die dunklen Schatten in der Flüssigkeit. Sie hielt den Becher gegen die Sonne und erkannte schwarze Ölschlieren, so wie am frühen Morgen am Riff.

Sie schüttelte den Behälter, um das Öl noch besser erkennen zu können, und wollte ihn gerade in ihre Umhängetasche stecken, als der Wagen von Channel 4 News am Straßenrand hielt und Rosanna Martinez und ihr Kameramann ausstiegen. Ohne zu wissen, worum es ging, schaltete der Mann die Kamera ein.

»Was machen Sie da?«, rief Rosanna Martinez schon

von Weitem. »Hey, haben Sie nicht gesagt, Sie studieren Meeresbiologie? Dann untersuchen Sie bestimmt das Wasser. Sie haben doch nichts dagegen, dass wir Sie filmen?«

»Ich bin schon fertig«, antwortete Sheyna, nicht gerade bester Laune.

»Dann füllen Sie den Behälter doch noch mal«, bat sie mit ihrem TV-Lächeln, »nur für die Kamera. Die Aufnahmen würden gut in die Abendnachrichten passen. Tun Sie uns den Gefallen, Sheyna! Vielleicht werden Sie ein Star!«

Sheyna gehörte nicht zu den Leuten, die sich tagelang bei *American Idol* oder einer dieser anderen Castingsendungen anstellten, um einmal ins Fernsehen zu kommen, und sei es nur zur Belustigung vieler Millionen Zuschauer. Wenn schon ins Fernsehen, dann mit Dokumentarfilmen wie damals Jacques Cousteau. »Was ich hier mache, ist doch gar nicht offiziell«, wiegelte sie ab. »Okay, ich sammele Wasserproben und checke sie mit meinen Geräten, aber die großen Organisationen haben doch ganz andere Möglichkeiten, das Wasser zu untersuchen. Ich erledige nur meine Hausaufgaben für das College. Keine große Sache, kaum der Rede wert, Miss Martinez.«

»Rosanna«, verbesserte sie lächelnd. »Aber das ist es doch gerade, was uns interessiert: die Initiativen der Menschen, die hier wohnen. Wie sie sich gegen die Willkür eines mächtigen Ölkonzerns zur Wehr setzen.

Eine Collegestudentin, die das Meerwasser untersucht und feststellt, dass die Küste ihrer Heimat verseucht ist. Human Touch, verstehen Sie? Wir müssen die Katastrophe an Einzelschicksalen aufhängen, um sie wirkungsvoll rüberzubringen. Ich mache Ihnen nichts vor, natürlich tun wir das vor allem, um möglichst viele Zuschauer anzulocken und gute Einschaltquoten zu erreichen, aber solche Aufnahmen kommen auch den Leuten hier zugute. Nur wenn wir sie emotional packen, sind die Zuschauer bereit, für die Betroffenen in Florida zu spenden, und nur dann sieht sich auch die Regierung gezwungen zu handeln.«

»Das klingt alles sehr einleuchtend, Rosanna, aber …«

»Ich mache Ihnen einen Vorschlag, Sheyna«, schnitt die Reporterin ihr das Wort ab. »Sie lassen uns an ihrer kleinen Untersuchung teilnehmen, an Ihrer Hausaufgabe, wie Sie sagen, und wir revanchieren uns mit einem kleinen Filmchen über das Restaurant Ihrer Eltern. Wir verraten den Leuten, wie gut Ihr Vater kochen kann. Was meinen Sie, was dann passiert? Die Leute werden Ihnen die Bude einrennen, Ölpest hin oder her. So eine Werbung könnten Sie gar nicht bezahlen, Sheyna. Na, was sagen Sie? Haben wir einen Deal?«

Sheyna dachte an die verzweifelten Mienen ihrer Eltern und willigte ein. »Also gut, aber sagen Sie den Leuten, dass ich nur eine kleine Studentin bin und hier keine offizielle Untersuchung vornehme. Versprechen Sie mir das?«

»Natürlich, Sheyna. Können wir?«

Sheyna füllte den Behälter fünfmal und verstaute ihn genauso oft in ihrer Umhängetasche, bis die Reporterin zufrieden war. Danach brauchten sie weitere zehn Minuten für eine Nahaufnahme der Ölschlieren im Wasser. Sie musste den Behälter so gegen die Sonne halten, dass die dunklen Schatten besonders dramatisch aussahen. Mit dem Behälter in einer Hand musste sie die Fragen der Reporterin beantworten. »Ich bin Studentin am Miami-Dade-College in Miami«, antwortete sie. »Unsere Aufgabe besteht darin, Proben des Meerwassers zu entnehmen und auf seine Beschaffenheit zu untersuchen.«

»Und diese dunklen Schlieren? Das ist Öl?«

»Sieht ganz so aus.«

»Antworten Sie in einem ganzen Satz, Sheyna. Sagen Sie: Die dunklen Schlieren sind Öl aus der Bohrinsel, da bin ich ziemlich sicher. Los …«

»Aber das ist doch gar nicht bewiesen!«

»Sie sagen ja auch nur, dass Sie ziemlich sicher sind. Können wir?«

Sheyna wiederholte den Satz, den Rosanna Martinez ihr vorgegeben hatte, das Ganze kam ihr aber nicht ganz geheuer vor. Als Studentin eines wissenschaftlichen Seminars war sie ein wesentlich gewissenhafteres Arbeiten gewöhnt. Ohne eindeutige Beweise durfte man keine Behauptung aufstellen.

»Das war schon sehr gut«, lobte die Reporterin.

»Und jetzt lassen Sie uns zu Ihren Eltern gehen und ein wenig im Restaurant drehen. Es dauert nicht lange. Und natürlich möchten wir auch das Ergebnis Ihrer Messung erfahren.«

»Aber wir haben nachmittags geschlossen.«

»Umso besser«, sagte die Reporterin, »dann sind wir ungestört und brauchen keine Rücksicht auf Gäste zu nehmen. Stellen Sie uns vor, Sheyna?«

Bobby Kendall war wenig begeistert, als Sheyna mit dem Fernsehteam im Restaurant auftauchte, änderte seine Meinung aber schnell, als Rosanna Martinez ihr Fernsehlächeln einschaltete und ihm in verlockenden Worten erklärte, worum es ging. »In ein paar Minuten sind wir wieder weg, Mister Kendall, oder darf ich Bobby sagen? Ich bin Rosanna. Wollen wir loslegen?«

Kein Mann konnte einer schönen Frau wie Rosanna Martinez widerstehen, noch dazu war sie ein Fernsehstar, und wenn alles nach ihren Wünschen verlief, sogar das nächste Bond-Girl. Sheynas Mutter wäre vielleicht etwas kritischer gewesen, aber sie nutzte den freien Nachmittag, um eine Nachbarin zu besuchen, und wollte erst in zwei Stunden zurückkommen, wenn das Restaurant öffnete.

Rosanna Martinez arbeitete schnell und hatte schon beim Drehen den fertigen Film im Kopf. Dreißig Sekunden, vielleicht eine Minute, länger durfte eine Einspielung nicht dauern, wenn sie es in die Hauptnachrichten mit Katie Couric schaffen wollte. »Landesweit«

hieß das Zauberwort, nur wenn das Filmchen überall in den USA zu sehen war, bekam man die nötigen Einschaltquoten. »Wie wär's, wenn Sie sich an den Tisch am Fenster setzen würden?«, sagte sie zu Sheynas Vater. »Ja, so ist es gut. Sehen Sie zum Fenster raus und machen Sie ein nachdenkliches Gesicht. Denken Sie daran, welchen Verlust Ihnen die Ölpest bringt, wenn die Regierung nichts unternimmt. Sehr gut, Bobby! Bleiben Sie so, den Kopf noch ein bisschen höher, ja, perfekt!«

Während der Kameramann den Standpunkt für ein kurzes Interview wechselte, wandte sich die Reporterin an Sheyna. »Es wäre mir sehr recht, wenn Sie schon mal das Wasser vom Strand untersuchen könnten, das geht doch?«

»Sicher«, antwortete sie, »eine grobe Messung habe ich schnell.«

»Das ist lieb, Sheyna.« Wieder dieses fröhliche TV-Lächeln, falsch wie bei Nicole Kidman und Julia Roberts und doch irgendwie beeindruckend, besonders wenn man auf makellose weiße Zähne stand. Wahrscheinlich Jacketkronen und zwanzigmal so teuer wie meine neue Plombe, überlegte Sheyna.

Sie trug die Wasserbehälter in ihr Zimmer und untersuchte die dunkle Brühe, die sie am Strand abgefüllt hatte. Natürlich war das Wasser stark verschmutzt, wahrscheinlich durch das ausgetretene Öl, was zur Folge hatte, dass ein Teil der Mikroorganismen im Wasser abgestorben war. Mikroskopisch kleine Teilchen, die Meeressäugetieren und Fischen als Nahrung dienten.

Sie trug die Messung in eine Excel-Tabelle in ihrem Laptop ein und war gerade fertig, als sie Rosanna Martinez ihren Namen rufen hörte. Fernsehstar, das hat mir gerade noch gefehlt, ging es ihr durch den Kopf. Sie lief hastig nach unten und sah die Reporterin und ihren Kameramann in der Küche stehen. Der Scheinwerfer der Kamera flammte auf und hüllte ihren Vater in helles Licht. Er stand in seiner weißen Kochjacke und der weißen Mütze auf dem Kopf am Herd und schwenkte Shrimps in einer Pfanne mit heißem Öl. »Stellen Sie sich zu Ihrem Vater, Sheyna, geben Sie ihm Gewürze oder irgendwas in der Art.«

Sie tat, was von ihr verlangt wurde, und reichte ihrem Vater das Glas mit seiner Meeresfrüchte-Gewürzmischung. »Streuen Sie was von dem Gewürz auf die Shrimps, Bobby«, sagte die Reporterin, während der Kameramann drehte. »Ja, so ist es perfekt, Bobby! Ich glaube, ich schlage Sie für eine Rolle im nächsten James Bond vor. Als Koch eines Mafiabosses, na, wie wär's?«

»Lieber nicht«, lehnte Sheynas Vater lächelnd ab, »sonst kommen mich noch Killer besuchen. Soll ich Ihnen die Shrimps auf einen Teller packen?«

»Nein danke«, lehnte die Reporterin ab. »Nichts gegen Ihre Shrimps, die würde ich für mein Leben gern essen, aber wir müssen uns mit dem Bericht beeilen, wenn wir damit in die Sieben-Uhr-Nachrichten kommen wollen.« Sie forderte ihren Kameramann mit einer flüchtigen Handbewegung auf, ihr zu folgen, und ging mit Sheyna in den ersten Stock. »Und?«, fragte sie, während sie die Treppe hinaufstiegen. »Sie haben Öl im Wasser gefunden, oder?«

»Daran besteht kaum ein Zweifel, auch wenn ich für ein wissenschaftlich haltbares Ergebnis noch mehr Proben und genauere Messgeräte brauchte. Aber ich kann zumindest sagen, dass das Wasser stark verschmutzt ist und ein großer Teil der Mikroorganismen zerstört wurde. Ein schlechtes Ergebnis.«

Nachdem der Kameramann sie bei der Messung gefilmt hatte, wiederholte Sheyna ihre Antwort vor der Kamera. »Also befindet sich Öl im Wasser?«

»Mit großer Wahrscheinlichkeit.«

»Antworten Sie mit einem ganzen Satz, Sheyna. Sagen Sie: Das Öl zerstört die Mikroorganismen und nimmt vielen Tieren die Nahrung. Ist doch so, oder?«

Sie wiederholte den Satz und schnaufte erleichtert, als sie fertig waren und Rosanna Martinez und ihr Kameramann zusammenpackten. Sie verschwanden so schnell, wie sie gekommen waren, fanden gerade noch die Zeit, ihnen zuzuwinken, und liefen zu ihrem Van. Sheyna blickte ihnen hinterher.

»Sie sieht wirklich gut aus, nicht wahr?«, sagte ihr Vater.

Sheyna lachte. »Lass das bloß nicht Mom hören!«

Sie hatten den kleinen Fernseher in der Küche laufen, als die Sieben-Uhr-Nachrichten kamen. Rosanna Martinez hatte es mit ihrem Bericht tatsächlich in die landesweiten Hauptnachrichten geschafft. Staunend verfolgte Sheyna, wie geschickt es die Reporterin verstanden hatte, die Bilder ihres Kameramannes und einen Teil der Antworten so zu vermengen, dass ein besonders eindrucksvoller und emotionaler Bericht entstand, der kaum noch Raum für einen Zweifel ließ.

Die ersten Bilder zeigten noch einmal die toten Delfine, dann war Rosanna Martinez am schmalen Strand von Marathon zu sehen. »Die Ölpest nimmt immer dramatischere Formen an«, berichtete sie. »Nach den beiden ölverschmierten Delfinen, die tot am Strand von Marathon gefunden und zweifellos ein Opfer des ausgelaufenen Öls aus der explodierten Bohrinsel wurden, schlug der Tod am frühen Nachmittag erneut vor der Küste der Florida Keys zu.« Auf dem Fernsehschirm erschienen die Bilder der wütenden Fischer im Hafen. In einer Großaufnahme sah man Hector Ramseys Gesicht. »Drei habe ich gesehen«, rief er aufgebracht, »drei tote Delfine, ungefähr zwei Meilen von hier im Golf. Und ich will verdammt sein, wenn sie nicht voller Öl waren!« Statt des »verdammt« war ein Piepton zu hören wie bei allen Schimpfwörtern. Nur im Kabelfernsehen durften die Leute so etwas äußern.

»Sheyna Kendall vom Miami-Dade-College untersuchte das verseuchte Wasser vor der Küste.« Kein Wort darüber, dass sie nur eine Studentin war, die an einer

Seminararbeit schrieb. Man sah, wie sie den Wasserbehälter füllte, ihn gegen das Sonnenlicht hielt und sagte: »Die dunklen Schlieren sind Öl aus der Bohrinsel.« Den Zusatz »... da bin ich ziemlich sicher« ließ Rosanna Martinez weg, um jeden Zweifel zu zerstören. Ähnlich verfuhr sie in ihrem Kommentar zu den Bildern, die Sheyna bei der Messung zeigten. »Das Öl zerstört die Mikroorganismen und nimmt vielen Tieren die Nahrung«, hörte Sheyna sich selbst sagen. Als verkündete sie das Ergebnis einer groß angelegten wissenschaftlichen Untersuchung. »O Mann!«, stöhnte sie. »Wenn das keinen Ärger gibt. Das ist vollkommen aus dem Zusammenhang gerissen. So hab ich das nie gesagt! Ich hab gesagt, es wäre wahrscheinlich, aber ni...«

»Jetzt kommt der Bericht übers Lokal«, unterbrach sie ihr Vater. Er ließ vor lauter Aufregung das Öl in der Pfanne verbrennen, als er zu sehen war.

Die ersten Bilder zeigten ihn in der Küche. »Zu den Leidtragenden der Ölpest gehören nicht nur die Fischer, sondern auch ein Mann wie Sheynas Vater«, berichtete Rosanna Martinez. »Bobby Kendall betreibt den ›Happy Pelican‹ in Marathon, eines der besten Fischrestaurants auf den Florida Keys.« Dann neue düstere Bilder. Wie ein Häufchen Elend saß Sheynas Vater in seinem leeren Restaurant, als würde sich überhaupt kein Gast mehr sehen lassen. Die Zuschauer konnten schließlich nicht wissen, dass es während der Dreharbeiten geschlossen gewesen war. »Seit bekannt ist, dass die Ölpest die Küste Floridas erreicht hat, bleiben die Gäste aus. Das Öl ist Gift für den Tourismus auf den Keys«, sagte er, »und wir gehören zu den Leidtragenden. Wenn nicht bald etwas passiert, können wir alle zumachen. Die Regierung muss etwas tun.«

Die letzten Bilder zeigten wieder Rosanna Martinez. »Dabei lohnt sich ein Trip zum ›Happy Pelican‹ auch während der Ölpest. Aber Bobby Kendall hat recht. Wenn nicht bald etwas passiert, gehen auf den Florida Keys die Lichter aus. Rosanna Martinez, Channel 4 News in Miami/Fort Lauderdale, Florida.«

Sheyna schaltete den Fernseher aus und ging ins Restaurant, um bei den Gästen die Wassergläser nachzufüllen. Erst jetzt fiel ihr auf, dass Emily nicht erschienen war. Anscheinend war ihre Freundschaft nicht mehr zu kitten.

10

Sheyna konnte nicht einschlafen. Obwohl es schon nach zehn Uhr war, lag sie mit offenen Augen im Bett und wälzte sich unruhig von einer Seite auf die andere. Zu viel war an diesem Tag auf sie eingestürzt. Wohin sie auch blickte und selbst wenn sie die Augen schloss, sah sie die Bilder von dunklen Ölschlieren und toten Delfinen, und wäre da nicht das Lächeln eines Mannes zwischen den schrecklichen Bildern gewesen, hätte sie wohl überhaupt keine Ruhe gefunden. Nur sein Lächeln war stark genug, die anderen Bilder zu vertreiben und die Sorgen für einen Augenblick zu verdrängen.

»Der Richtige kommt immer dann, wenn du am wenigsten nach ihm suchst«, hatte eine Freundin im College mal gesagt. Oder wenn du gerade die Schnauze von den Männern voll hast und überhaupt nichts mit ihnen zu tun haben willst, ergänzte sie in Gedanken. Wobei sie noch gar nicht wusste, ob er auch tatsächlich der Richtige war. Mach dir nichts vor, rief sie sich selbst zur Ordnung, du kennst ihn erst seit ein paar Stunden, noch nicht mal einen Tag. Doch er war bereits ein Teil ihres Lebens und ihr so vertraut, als würde sie ihn schon jahrelang kennen. Keiner dieser aufdringlichen Kerle, die sich für unwiderstehlich hielten und gar nicht merkten, wie sehr sie ihr auf die Nerven gingen. Auch keiner dieser gut aussehenden Typen, in deren Gesellschaft man sich einen Abend lang wohlfühlte und schon am selben Abend, wenn man Glück hatte, oder erst am nächsten Morgen, wenn man Pech hatte, seinen Irrtum bemerkte. Gott sei Dank war ihr das bisher nur einmal passiert.

Logisch, bei einem Model-Wettbewerb hätte Andy sicher nicht gewonnen. Das war eher etwas für Timmy, den »All-American Boy«, wie er sich selbst im Sportteil der Collegezeitung angepriesen hatte. Andy war etwas zu klein und wahrscheinlich auch zu ruhig und zurückhaltend für einen Footballspieler, auch beim Fußball hätte er wohl kaum gepunktet. Und seine Narbe am Oberschenkel, die ihn, wie sie längst gemerkt hatte, zu einem leichten Hinken zwang, hatte vermutlich schon einige Mädchen abgeschreckt. Nicht dass er schlecht aussah, ganz im Gegenteil. Mit seinen breiten Schultern und den vielen Muskeln brauchte er sich nicht zu verstecken.

Doch Sheyna fühlte sich mehr von seinen dunklen Augen angezogen, seinem offenen Blick und dem manchmal schüchternen, beinahe jungenhaften Verhalten. Er war keiner, der jeden Abend ein neues Mädchen aufriss. Er brauchte kein blondes Cheerleader-Püppchen an seiner Seite, nur um sich als Mann zu beweisen und Eindruck zu schinden. Wenn er etwas tat, folgte er seinem Herzen. Das hatte er mit seiner Entscheidung bewiesen, das Politikstudium an den Nagel zu hängen und es als Delfintrainer im Dolphin Research Center zu versuchen. Ihm ging es nicht ums Geld, sonst hätte er weitergemacht und wäre irgendwann in Washington gelandet. Als Delfintrainer würde er kein Vermögen verdienen, aber er war nahe bei den Tieren, die ihm das Leben gerettet hatten. Anscheinend gehörte er zu den seltenen Menschen, die zuerst nach dem »Warum« und nicht nach dem »Wieviel« fragten. Er wollte sein Leben den Delfinen widmen. Ein Job für Weicheier, hätte Timmy gesagt, aber das schien Andy wenig zu stören.

Ihr Handy meldete sich mit den ersten Akkorden von »Margaritaville«. Wenn sie etwas verabscheute, war es der aufdringliche voreingestellte Nokia-Klingelton. Sie ging dran und hörte die Stimme des Menschen, an den sie die ganze Zeit gedacht hatte. »Sheyna? Ich bin's … Andy. Ich weiß, es ist schon spät, und ich dürfte dich um diese Zeit eigentlich gar nicht mehr anrufen, aber wir haben bis spät in die Nacht im Center getagt, und ich bin erst seit ein paar Minuten zu Hause, na ja, und ich dachte, du kannst vielleicht auch nicht schlafen und … ach was, ich wollte deine Stimme hören, das ist alles.«

Sheyna schmunzelte still vor sich hin. »Du hast recht, Andy«, erwiderte sie genauso umständlich, »ich meine, ich konnte wirklich nicht schlafen. Heute ist so viel auf mich eingestürzt, in meinem Kopf wirbelt alles durcheinander.«

»Schlimm, nicht wahr? Das mit dem Öl … ich hätte nicht gedacht, dass es bis nach Florida treibt. Die Strömungen sind wohl stärker, als ich dachte. Mrs Conolly, unsere Chefin, rechnet mit vierzig bis fünfzig toten Delfinen.«

»Im Jahr?«

»Im Monat.«

»Furchtbar, einfach furchtbar!« Sie setzte sich auf den Bettrand und wechselte das Telefon von einer Hand in die andere. »Ich hoffe nur, die Regierung reagiert diesmal etwas schneller und zwingt International Oil, die

Ausfälle der Fischer zu ersetzen, sonst gehen auf den Keys wirklich noch die Lichter aus.«

»Ich hab dich im Fernsehen gesehen, Sheyna.«

»Das war alles aus dem Zusammenhang gerissen«, reagierte sie immer noch aufgebracht. »Ich habe nie behauptet, dass ich eindeutige Beweise dafür habe, dass die Ölpest unsere Küste erreicht hat. Natürlich ist sie hier, aber wissenschaftlich ist es noch nicht bewiesen. Im College werden sie mich zerreißen. Rosanna Martinez hat mich gelinkt, Andy. Okay, sie hat die Kochkunst meines Vaters gelobt, und vielleicht bringt uns das ein paar neue Gäste, aber ein bisschen ausgewogener hätte ihr Bericht eigentlich schon sein müssen, oder?«

Andy lachte. »Manipulation durch die Medien, das war eines der ersten Themen, die wir am College durchgenommen haben. Sie drehen die Storys so, wie sie am besten rüberkommen, immer emotional, immer scheinbar aktuell, und natürlich muss Human Touch rein, so wie die Sache mit deinem Vater. Einzelschicksale kommen immer gut, da können die Leute mitleiden.«

»Verlogenes Pack!«

»Sieh dir CNN an, die machen es auch nicht anders.«

Sie ließ einige Sekunden verstreichen. »Andy?«

»Ja?«

»Ich hab auch an dich gedacht.«

»Echt?«

»Ich bin froh, dass wir uns kennengelernt haben.«

Das offene Geständnis hatte ihn verlegen gemacht. Er druckste ein wenig herum und sagte dann: »Mrs Conolly will, dass wir morgen früh nach verletzten Delfinen suchen. Ich soll mit dem Boot nach Big Pine Key fahren und mich dort in den Mangrovendickichten umsehen. Willst du mitkommen?«

»Natürlich!«

»Um acht an eurem Anleger?«

»Geht klar, Andy.«

»Ich … Du bist okay, Sheyna.«

Er legte auf, bevor sie etwas erwidern konnte, und ließ sie mit einem Lächeln zurück. Nein, ein Draufgänger war er nicht. Eher ein bisschen tollpatschig, wenn es ums Zwischenmenschliche ging. Sie legte ihr Handy auf den Nachttisch und trat ans Fenster. Auf dem dunklen Meer waren nur wenige Lichter zu sehen, wahrscheinlich Frachter oder Tanker. Die Kreuzfahrtschiffe hatten ihre Routen schon einen Tag nach der Explosion der Bohrinsel geändert und mieden die verseuchten Gebiete. An der mexikanischen Küste war die Welt noch in Ordnung. Doch ein Hurrikan, der das Öl nach Süden trieb, würde genügen, um die Kreuzfahrtschiffe auch von dort zu vertreiben.

Irgendwo an der Küste flackerte ein Feuer auf. Ein harmloses Lagerfeuer, wie es Touristen oft auf den Campingplätzen entzündeten, um den gefangenen Fisch zu braten und beim Bier über ihren tollen Fang zu reden. Anscheinend gab es Urlauber, die sich den Spaß auch durch eine Ölpest nicht verderben ließen. Doch die Küste erschien ihr in dieser Nacht dunkler als sonst, und das Feuer wirkte bedrohlich, wie ein Zeichen für das Unheil, das mit dem ausgelaufenen Öl an die Küste der Florida Keys gespült wurde.

Sie kehrte zu ihrem Bett zurück, wollte sich setzen und erstarrte mitten in der Bewegung. Die flackernden Feuerzungen vertrieben die Gedanken an Andy und zauberten die verzerrten Gesichter von Heck Ramsey und seinem Sohn Johnny hervor, wie sie vor ihrem Boot im Hafen standen und wilde Drohungen gegen International Oil ausstießen. »Wir müssen was tun! Zeigen wir diesen verdammten Ölleuten, dass wir uns nicht alles gefallen lassen!«, hatte Ramsey gedroht. »Lasst mich nur machen. Mir fällt schon was ein.«

Und der Anblick des Feuers, das aus ganz anderen Gründen an der Küste brannte, verriet ihr auch, was sie vorhatten. Sie griff nach dem Handy, um im Büro des Sheriffs anzurufen, die ersten Ziffern hatte sie schon gewählt, als ihr einfiel, dass sie nicht den geringsten Beweis für ihre Behauptung hatte. Auf einen bloßen Verdacht hin schickte der Chief seine Leute bestimmt nicht aus. »Die Tankstelle?«, würde er verwundert fragen. Genauso gut konnten sie Monica Brecard oder Randy Wood in ihrem Hotel überfallen oder ihnen einen toten Delfin oder ölverschmierten Pelikan vor die Zimmertür legen. Es gab viele Möglichkeiten, sich an

International Oil zu rächen, doch Sheyna kannte die Ramseys und war sicher: Sie würden auf die Tankstelle losgehen. Ordentlich Radau machen, das war ihr Stil. Als die Fangquoten verringert worden waren, hatten sie die Fensterscheiben eines Regierungsgebäudes eingeworfen.

In Jeans, Pullover und Laufschuhen schlich sie die Treppe hinunter. Sie griff nach ihrer Regenjacke, nur für alle Fälle, und schloss leise die Tür auf.

»Sheyna! Um Himmels willen! Wo willst du denn hin?«, rief ihre Mutter überrascht. Anscheinend konnte sie auch in dieser Nacht wieder nicht schlafen. »Weißt du denn nicht, wie spät es ist? Es ist schon nach Mitternacht!«

»Ich weiß, Mom. Hab was am Hafen vergessen. Bin gleich zurück.«

»Aber das kannst du doch morgen holen …«

»Mach dir keine Sorgen, Mom! Bis gleich.«

Sie huschte aus dem Haus und rannte zu ihrem Wagen auf dem Besucherparkplatz. Noch bevor ihre Mutter aus dem Haus treten und ihr etwas nachrufen konnte, saß sie in ihrem alten Chevy und fuhr auf den Highway. Mit quietschenden Reifen raste sie nach Süden, der Seven-Mile-Bridge entgegen.

Außer ihr war kaum jemand auf der Straße. Ein Großteil der Touristen war bereits abgereist, und die Nachrichten von der nahenden Ölpest ermutigten sicher niemanden, auf die Keys zu fahren. Nur in wenigen Häusern brannte um diese Zeit noch Licht, in dem luxuriösen Hotel, in dem Monica Brecard und Randy Wood abgestiegen waren, in einigen Wohnhäusern, in einem Hausboot, das seit einigen Tagen im Hafen lag und einen Künstler beherbergte, der sich nur selten blicken ließ. An der nahen Küste flackerte das Feuer.

»Ich weiß, dass ich verrückt bin, Mom«, sagte sie laut, »aber ich kann nicht anders! Der Sheriff und die Polizei hätten mir doch niemals geglaubt!«

Aber sie war auch leichtsinnig. Wenn die Ramseys tatsächlich etwas Gesetzwidriges vorhatten, waren sie bestimmt nicht zimperlich, wenn sie jemand dabei erwischte. Sie schwor sich, nicht die Heldin zu spielen, und sofort beim Sheriff anzurufen oder den Notruf zu wählen, falls Gefahr drohte. Wie um es sich selbst zu beweisen, legte sie das Handy auf den Beifahrersitz.

Vor ihr wölbte sich die Seven-Mile-Bridge, eine sieben Meilen lange Brücke, die sich wie ein schmales Band über das dunkle Meer zog, links der Atlantik, rechts der Golf von Mexiko. Nirgendwo sonst auf den Keys waren sich die beiden Meere so nahe. Nur das einsame Lichterpaar eines Trucks kam ihr entgegen, sonst war sie allein auf der Brücke, als würde sie weit abseits der Zivilisation über einen urzeitlichen Ozean schweben. Tagsüber genoss sie das Gefühl, über die scheinbar endlose Brücke zu fahren, doch nachts und besonders in dieser Nacht erschien sie ihr eher unheimlich, als würde sie in die ewige Finsternis der Hölle führen. So musste sich ein Schiffbrüchiger fühlen, der allein auf den Wellen eines riesigen Meeres trieb.

Am anderen Ende der Brücke erkannte sie im trüben Licht einiger Straßenlampen das flache Gebäude der International-Oil-Tankstelle, die einzige Tankstelle des Konzerns auf den Keys. Ein ideales Ziel für Unruhestifter wie die Ramseys, die den Multis eins auswischen wollen. Heck Ramsey und sein Sohn waren keine Terroristen oder Bombenleger, die das Hauptquartier des Konzerns in Schutt und Asche legten oder einen Sprengsatz in das Hotelzimmer eines Angestellten warfen. Sie wollten ihrem Ärger sofort Luft machen und nicht erst wertvolle Zeit mit einer langwierigen Planung vergeuden. Und dafür war die Tankstelle von International Oil das einzig lohnende Ziel.

Sie hielt auf dem Parkplatz einer Strandbar, die schräg gegenüber von der Tankstelle am Ufer lag, und schaltete den Motor aus. Von ihrem Parkplatz an der Straße hatte sie die Seven-Mile-Bridge und die Tankstelle genau im Blick. Die Tankstelle war geschlossen, lag dunkel und verlassen im Schatten des beinahe vollen Mondes. Über der Brücke und den Häusern der Insel lag geheimnisvolle Stille, nur der teilweise böige Wind und das Platschen des Wassers waren durch das einen Spalt geöffnete Autofenster zu hören. Das Krächzen einer Möwe durchbrach die Stille, es schien Unheil anzukündigen.

Ein Wagen näherte sich über die Seven-Mile-Bridge. Immer größer wurden die Scheinwerfer, geisterten bedächtig über das dunkle Wasser, bis sie das Festland erreichten und Sheyna in ihrem Wagen blendeten. Sie kniff die Augen zusammen, öffnete sie sofort wieder, als die Lichter vorbei waren, und erkannte den Kombi einer Wäscherei aus Key Largo. Erleichtert ließ sie sich zurücksinken. Sie kam sich wie in einem Krimi vor, wie eine Polizistin oder Privatdetektivin, die gefährliche Gangster beschattete und darauf wartete, dass sie zuschlugen. Jetzt war der Augenblick, in dem sie noch einmal das Magazin ihrer Achtunddreißiger überprüft hätte, um für den entscheidenden Kampf gewappnet zu sein. Nur besaß sie keine Pistole. Sie hätte nicht einmal gewusst, wie man sie bediente. Drückte man einfach ab? Musste man die Waffe vorher entsichern oder einen Hahn zurückziehen wie der Sheriff im Western?

Weit draußen auf dem Meer, am höchsten Punkt der gewölbten Brücke, tauchte ein weiteres Scheinwerferpaar auf. Instinktiv griff Sheyna nach dem Handy auf dem Beifahrersitz. Nur ein UPS-Lieferwagen, erkannte sie erleichtert, die Paketpost für die südlichen Keys. Doch kaum war der Wagen an ihr vorbei, erschien ein neuer Wagen, und dieser näherte sich schneller. Der linke Scheinwerfer flackerte nervös, so wie bei dem rostigen Pick-up, den die Ramseys fuhren. Sheyna duckte sich, spähte vorsichtig aus dem Fenster und sah, dass es tatsächlich der Pick-up der Ramseys war. Der defekte Scheinwerfer, die eingebeulte Fahrertür, der Wagen war leicht zu erkennen.

Der Pick-up parkte einen halben Block vor der Tankstelle und zwei Männer stiegen aus. Als sie den Lichtkegel einer Straßenlampe durchquerten, erkannte sie Johnny Ramsey und einen anderen Jugendlichen, anscheinend ein Freund von Johnny. Heck Ramsey war nicht zu sehen. Die beiden lachten und unterhielten sich laut, fühlten sich anscheinend vollkommen sicher. Im Umkreis der Tankstelle gab es nur wenige Wohnhäuser. Woher sollten sie auch wissen, dass Sheyna in ihrem Wagen auf sie wartete? Wie konnten sie ahnen, dass sie nur ein paar Tasten auf ihrem Handy drücken musste, um ihnen die Polizei auf den Hals zu hetzen? Ihnen konnte niemand was anhaben.

Johnny Ramsey hob einen Stein auf und wandte sich an seinen Freund. »Was ist?«, fragte er. »Scheißt du dir plötzlich in die Hose? Komm schon, heute Nacht zeigen wir es diesen verdammten Ölfritzen!« Er schleuderte den Stein in ein Fenster des Tankstellengebäudes und lachte zufrieden, als die Scheibe zersprang und die Splitter auf den Asphalt spritzten. »Die werden Augen machen«, rief er. »Wir lassen uns nicht auf der Nase rumtanzen … wir nicht!«

Der andere hob ebenfalls einen Stein auf und warf ihn gegen eine der Zapfsäulen. Er prallte von dem festen Metall ab und wirbelte davon.

»Was ist los mit dir, du Schisser?«, rief Johnny Ramsey übermütig. »Hast du etwa Angst? Jetzt geht der Spaß doch erst richtig los!« Er zog einen ölgetränkten

Lappen aus seiner Hosentasche und setzte ihn mit seinem Feuerzeug in Brand. »Wir jagen die ganze verdammte Bude in die Luft! Mach schon!«

Sheyna hatte genug gesehen, sie wählte bereits die Nummer des Sheriffs, als der Van von Channel 4 News über die Brücke kam. Sie mussten dem Pick-up der Ramseys gefolgt sein, wahrscheinlich hatten sie Johnny vor seinem Apartment aufgelauert. Im Mondlicht sah Sheyna, dass der Kameramann durch das offene Beifahrerfenster filmte und die beiden Männer im Blickwinkel hatte.

»Büro des Sheriffs, Deputy Gaines«, meldete sich eine Stimme.

»Sheyna Kendall«, sagte sie eilig. »Kommen Sie schnell! Die Tankstelle am südlichen Ende der Seven-Mile! Johnny Ramsey will sie abfackeln! Johnny Ramsey und ein anderer Typ … o verdammt! Ich muss sie aufhalten!«

Sie warf das Handy auf den Beifahrersitz und sprang aus dem Wagen. »Johnny Ramsey!«, rief sie in einer Mischung aus Wut und Panik. »Lass sofort den Lappen fallen! Die Polizei ist schon unterwegs! Lass ihn fallen!«

Johnny Ramsey erstarrte, blickte in die Richtung, aus der Sheynas Stimme kam, und warf in panischer Angst den Lappen weg. Die beiden rannten hastig zu ihrem Pick-up, sprangen hinein und wendeten mit quietschenden Reifen. Ohne nach links und rechts zu blicken, fuhren sie auf die Brücke.

Weit würden sie nicht kommen. Auf der Brücke waren bereits die flackernden Warnlichter der Streifenwagen zu sehen. Sie fuhren den Deputys genau in die Arme und würden ihre gerechte Strafe bekommen. Sheyna hatte kein Mitleid mit ihnen und kam sich auch nicht wie eine Petze vor. Ohne ihren Warnruf würde die Tankstelle jetzt in Flammen stehen und vielleicht sogar explodieren.

»Das war ausgesprochen mutig von Ihnen, Sheyna!«, rief Rosanna Martinez, die selbst nachts perfekt angezogen und geschminkt war. Sie sprang aus dem Aufnahmewagen und näherte sich Sheyna mit dem Mikrofon in der Hand. Ihr Begleiter folgte ihr mit geschulterter Kamera und eingeschaltetem Scheinwerfer.

»Sie denken wohl nur an Ihre Einschaltquoten!«, rief Sheyna wütend. »Sie hätten doch seelenruhig dabei zugesehen, wie die beiden die Tankstelle in die Luft jagen! Ich sage kein Wort, hören Sie? Kein einziges Wort!«

Sie stieg in ihren Chevy und fuhr über die Brücke zurück.

11

Obwohl Sheyna in dieser Nacht kaum zum Schlafen kam, war sie bereits um sieben Uhr auf. Über eine Stunde hatten die Deputys sie auf der Brücke aufgehalten und ihre Zeugenaussage aufgenommen, alles unter den wütenden Blicken der beiden Jugendlichen, die mit Handschellen gefesselt im Streifenwagen saßen. In nüchternen Worten hatte sie die Ereignisse geschildert.

Gerade noch rechtzeitig, bevor die TV-Crew ihr erneut auf den Pelz rücken konnte, durfte Sheyna weiterfahren. Für zwei Stunden Schlaf reichte es noch, auch wenn die bedrohlichen Ereignisse sie bis in ihre Träume verfolgten. Sie schreckte mehrmals hoch und brauchte jedes Mal einige Zeit, um wieder einzuschlafen.

Um Andy nicht zu verpassen, ließ sie sich von ihrem Handy wecken. Für den Weckruf hatte sie sich einen schrillen Rufton ausgesucht, der sie an das Klingeln der Telefone in den alten Schwarz-Weiß-Filmen erinnerte. Sie duschte heiß und zog sich an. Weiße Shorts, das türkisfarbene T-Shirt mit den Strassherzchen, ihre Laufschuhe, um an Bord nicht auszurutschen, und die weiße Baseballkappe mit dem Margaritaville-Logo. Ihre Haare band sie zu einem Pferdeschwanz.

»Sheyna! Bist du schon auf?«, rief ihre Mutter aus dem Parterre.

»Ich komme gleich«, erwiderte sie, während sie sich aufmerksamer als sonst im Spiegel betrachtete und ihre Augen mit leichtem Lidschatten und Wimperntusche betonte. Die Mühe hatte sie sich selten vor einem Bootsausflug gemacht, das letzte Mal, als sie mit Timmy hinausgefahren war. Seit sie Andy kannte, kostete es sie noch größere Überwindung, sich an ihn zu erinnern.

»Du bist wieder im Fernsehen!«

Sheyna ließ die Wimperntusche ins Waschbecken fallen und lief nach unten. Ihre Mutter hatte den Fernseher über dem Tresen eingeschaltet, wie sie es meistens tat, während sie das Frühstück zubereitete, und starrte auf den großen Flachbildschirm. Gerade lief *The Early Show*, das Frühstücksfernsehen von CBS, eine der bekanntesten Sendungen im amerikanischen Fernsehen. »... und wie es der jungen Sheyna Kendall gelang, zwei rachsüchtige Fischer an ihrem Überfall auf eine International-Oil-Tankstelle zu hindern, schildert Ihnen unsere Reporterin Rosanna Martinez live aus Marathon, Florida.«

Das erste Bild zeigte die Reporterin vor dem eingeworfenen Fenster der Tankstelle, wie immer war sie wie aus dem Ei gepellt, das Gesicht sorgfältig geschminkt, nur ihre mit Spray gesicherte Frisur hielt dem böigen Morgenwind nicht stand. Um keine böse Überraschung zu erleben, trug sie einen Hosenanzug. »Die Katastrophe auf den Florida Keys nimmt immer dramatischere Ausmaße an«, begann sie ihren Bericht. »Das Öl aus der explodierten Bohrinsel Ocean Queen hat die Florida Keys bereits erreicht und richtet unvorstellbaren Schaden vor der Küste an.« Auf dem Bildschirm erschienen Aufnahmen von den schwarzen Ölschlieren, wie sie an die Küste schwappten und klebrige Flecken auf den Steinen und dem Gras hinterließen. Wieder waren Bilder der verendeten Delfine zu sehen, dann der

Streit zwischen den Fischern und Monica Brecard und Randy Wood. »Die Befürchtung, es könnte an der Küste von Florida zu einer ähnlich großen Katastrophe wie in Alabama kommen, wird immer wahrscheinlicher. In ihrer Angst, die Ölpest könnte die Fischgründe vor der Küste zerstören und ernsthaft ihre Existenz bedrohen, beschimpften und bedrohten zahlreiche Fischer die Vertreter von International Oil.« Rosanna Martinez erschien erneut im Bild, die Frisur saß wieder.

»Zu einem Eklat kam es gestern Nacht am südlichen Ende der Seven-Mile-Bridge.« Bewegte Bilder der Brücke und der Tankstelle. »Zwei Jugendliche, Söhne von betroffenen Fischern, warfen die Fenster einer International-Oil-Tankstelle ein und versuchten sie in Brand zu stecken. Nur dem mutigen Einsatz von Sheyna Kendall ist es zu verdanken, dass es nicht zur Katastrophe kam. Sie ahnte, was die Jugendlichen vorhatten, und alarmierte die Polizei.« Sheyna erschien auf dem Bildschirm, ein Ausschnitt des Interviews, das sie am vergangenen Tag gegeben hatte, ohne Ton. Dann die Deputys, wie sie Johnny Ramsey und seinen Freund verhafteten und mit ihnen davonfuhren. »Die Jugendlichen werden sich vor Gericht verantworten müssen.« Und wieder Rosanna Martinez. »Bleibt zu hoffen, dass International Oil sich so bald wie möglich mit den Fischern zusammensetzt und ihnen Ausgleichszahlungen für den zu befürchteten Verlust garantiert, auch um weitere Gewalttaten und eine Eskalation des Konflikts zu vermeiden. Rosanna

Martinez, Channel 4 News in Miami/Fort Lauderdale, Florida, live aus Marathon auf den Florida Keys.«

Crystal Kendall starrte weiter auf den Bildschirm, obwohl dort längst ein Werbespot für kalorienarmen Käse zu sehen war. »Das ist ja furchtbar! Wenn das so weitergeht, haben wir bald kriegsähnliche Zustände.« Sie wandte den Kopf, schien erst jetzt zu verinnerlichen, was Sheyna getan hatte. »Das war sehr leichtsinnig von dir, Sheyna! Dir hätte sonst was passieren können! Du weißt doch, wie aggressiv dieser Johnny Ramsey werden kann. Ich hab ihn nie leiden können. Woher wusstest du überhaupt, was die beiden vorhatten?«

»War nur so ein Gefühl, Mom. Die Fischer waren alle furchtbar wütend, als die Ölleute zum Hafen kamen, und die Tankstelle an der Brücke war das leichteste Ziel. Eigentlich dachte ich, Heck Ramsey würde durchdrehen. Er war der Lauteste. Ich weiß, ich hätte zu Hause bleiben und die Polizei von hier aus anrufen sollen, aber ich hatte doch keinerlei Beweise. Du weißt doch, wie die Polizei ist. Die kommen erst, wenn das Kind schon im Brunnen liegt.«

Auch beim Frühstück drehte sich die Unterhaltung um den nächtlichen Anschlag. Sheynas Vater hatte Angst, dass die Keys immer heftiger in die Schlagzeilen gerieten und bald überhaupt niemand mehr in sein Lokal kam, und ihre Mutter zeigte kaum Appetit und jammerte: »Wo soll das nur hinführen?«

Sheyna blickte aus dem Fenster, eigentlich nur, um

nach Andy Ausschau zu halten, obwohl es erst zehn vor acht war, und sah den Van von Channel 4 News vorfahren. Vor Schreck hörte sie auf zu kauen. »Das Fernsehen«, beantwortete sie die fragenden Blicke ihrer Eltern. »Sag bloß, die wollen mich wieder interviewen!« Sie legte die Gabel hin und stand auf. »Ohne mich! Ich lasse mich nicht zur Heldin machen, nur damit die ihre Tränendrüsen-Story bekommen. Mutige Studentin rettet die Florida Keys vor einer Katastrophe ... so ein Blödsinn! Als ob es nichts Wichtigeres gäbe. Na, denen werde ich was erzählen!«

Sie ging zur Tür, sperrte sie auf und sah Rosanna Martinez und ihren Kameramann aus dem Van steigen und näher kommen. »Die Mühe können Sie sich sparen!«, empfing sie die beiden. »Ich hab keine Lust, die Heldin für Sie zu spielen! Kümmern Sie sich lieber um die Leute von International Oil. Sagen Sie ihnen, dass sie endlich was tun sollen. Was sie bis jetzt getan haben, hat doch alles nichts genutzt! Holen Sie den obersten Chef vor die Kamera und zwingen Sie ihn, Klartext zu reden. Die haben genug Geld! Anstatt ihren Aktionären den Rachen vollzustopfen, sollten sie lieber die Fischer entschädigen. Ich bin keine Heldin und hab auch nicht die Absicht, eine zu werden!«

Sheyna hatte sich so in Rage geredet, dass sie gar nicht merkte, wie Rosannas Begleiter seine Kamera auf sie richtete und zu filmen begann. Als sie das flackernde Rotlicht sah, war es schon zu spät. »O verdammt!«, fluchte sie und warf der Reporterin die Tür vor der Nase zu. Sie lief wütend zum Kühlschrank, holte einen Behälter mit kalter Milch heraus und nahm einen tiefen Schluck. Sie beruhigte sich nur mühsam. »Habt ihr so was schon erlebt? Diese Rosanna Martinez wird immer aufdringlicher. Der geht es gar nicht um die Ölpest! Die interessiert nur ihre Einschaltquote. Hauptsache, ihr hübsches Gesicht ist zu sehen. Wir hätten gar nicht mit ihr reden sollen.«

»Gestern warst du noch anderer Meinung«, erwiderte ihre Mutter.

»Weil ich noch nicht wusste, wie penetrant und aufdringlich sie sein kann. Ich weiß, sie muss ihre Story an Einzelschicksalen aufhängen, wenn sie die Leute packen will, aber ich tauge nicht zur Heldin. Warum nimmt sie keinen Fischer oder Rooster Baldwin oder Heck Ramsey? Oder Larry McCormick, der verdient keinen Cent mehr, wenn die Touristen ausbleiben. Die sind alle viel näher dran. Warum hängt sie sich ausgerechnet an mich? Soll sie doch Emily nehmen, die bekommt hautnah mit, wie die Fischer leiden müssen.«

Es klopfte an die Hintertür.

Sheyna stellte die Milch in den Kühlschrank, durchquerte mit festen Schritten den Raum und riss die Tür auf. »Jetzt reicht's mir aber! Ich hab Ihnen doch gesagt, dass ich nicht …« Sie stockte mitten im Satz, als sie sah, dass nicht die Reporterin, sondern Andy vor der Tür stand. »Andy! Ich dachte …«

Andy legte einen Finger auf den Mund. »Leise! Sonst hört sie uns noch. Ich hab in den Nachrichten gehört, was passiert ist, und dachte mir schon, dass sie dir auf die Pelle rückt. Komm, wir nehmen einen Schleichweg! Die bringt es fertig und folgt uns bis aufs Meer, um eine Story zu bekommen.«

»Okay«, erwiderte Sheyna. »Ich nehme uns etwas Proviant mit.« Sie lief in die Küche, schmierte in aller Eile zwei Sandwiches und packte sie zusammen mit zwei Äpfeln in einen Plastikbeutel. Aus dem Kühlschrank nahm sie eine volle Wasserflasche. »Ich fahr mit Andy raus«, rief sie mit gedämpfter Stimme ihren Eltern zu, während sie nach ihrer Segeljacke griff. »Verratet den Fernsehleuten bloß nicht, wo wir sind, sonst kommen sie uns womöglich noch hinterher!«

Sie huschte durch die Hintertür, folgte Andy zur Küste hinunter und kletterte erst zum Highway hinauf, als sie außer Sichtweite der TV-Reporterin waren. Wie Verschwörer kamen sie sich vor, als sie über die Straße rannten und im Schutz einiger Palmen zum Hafen liefen. So fühlten sich also Promis, die ständig vor Paparazzi davonliefen, dachte sie, kein angenehmes Gefühl.

Im Hafen saßen Heck Ramsey, Rooster Baldwin und Larry McCormick auf einer Mauer und unterhielten sich lautstark. Auch ohne ein Wort zu verstehen, hätte man an ihren Mienen ablesen können, worum es ging. Als sie Sheyna erkannten, stand Ramsey wütend auf. »Sheyna Kendall! Hast du nichts Besseres zu tun, als hinter meinem Sohn her zu spionieren? Ich dachte, wir stehen auf derselben Seite. Und warum rufst du gleich die Polizei? Du hättest mich anrufen können, dann wär Johnny nicht im Knast! Hab ich dir was getan?«

»Ich spioniere nicht hinter deinem Sohn her«, antwortete sie. »Ich hatte Angst, dass ihr die Tankstelle in die Luft jagt, deshalb bin ich hingefahren. Was meinst du, was passiert wäre, wenn ich es nicht getan hätte? Dann würde Johnny für ein paar Jahre in den Knast wandern. So kommt er nach ein paar Tagen wieder raus.« Sie half Andy, die Leinen seines Bootes loszumachen, und ging an Bord. »Mit Gewalt erreichen wir nichts, Heck. Auf solche Aktionen warten die Ölleute doch nur. Die reiben sich die Hände. Oder meinst du, die zahlen noch einen Penny, wenn wir ihre Tankstellen in die Luft jagen?«

»Halt dich raus, Sheyna! Wir wissen schon, wie wir mit diesen Ölfritzen umgehen müssen. Alles lassen wir uns nicht gefallen. Kümmere dich um euer Lokal, da hast du genug zu tun. Da mischen wir Fischer uns auch nicht ein.«

»Ich drängele mich nicht vor, Heck. Aber ich weiß auch, dass ihr euch keinen Gefallen tut, wenn ihr mit Gewalt gegen die Ölleute vorgeht. So was lässt sich ein Konzern wie International Oil nicht gefallen. Die sind viel zu mächtig, um sich davon beeindrucken zu lassen. Und die Öffentlichkeit zieht ihr mit solchen Anschlägen auch nicht auf eure Seite. Am Ende seid ihr noch die Bösen und müsst euch von den Medien beschimpfen lassen. Ein Krieg bringt nichts. Seht zu, dass ihr Rosanna Martinez auf eure Seite bringt. Die kann euch am meisten helfen.« Und mir haltet ihr die Lady damit vom Hals, dachte sie.

Andy ließ den Motor an und steuerte das Boot aus dem Hafenbecken. Statt des Stirnbands trug er heute eine Baseballkappe mit dem Logo des Dolphin Research Centers, und auch sein T-Shirt und die rechte Seite seiner Shorts zierte der springende Delfin. Er hatte seine Sonnenbrille aufgesetzt, nahm sie aber ab, als sie den Kanal hinter sich gelassen hatten. »Willst du mal ans Ruder?«, fragte er. »Du kennst dich hier sowieso besser aus, du hast fast dein ganzes Leben hier gewohnt. Wo würdest du denn nach verletzten Delfinen suchen?«

»Am Dolphin Reef«, erwiderte sie, »aber da war ich gestern schon. Da gab es kein Leben mehr. Delfine sind schlau, die versuchen bestimmt, sich zwischen den Mangroveninseln im Golf zu verstecken, da kommt das Öl schwerer hin. Im Golf von Mexiko drüben. Wenn du willst, fahren wir gleich hin.«

Andy lächelte. »Du bist jetzt der Captain. Du bestimmst den Kurs.«

Sheyna lächelte zurück und schob den Gashebel nach vorn. Das Boot nahm Fahrt auf und ließ das Wasser schäumen. Über ihnen wölbte sich ein strahlend blauer Himmel wie so oft in Florida, kaum ein Wölkchen war zu sehen. Das Meer glänzte wie flüssiges Silber. Als sie die Seven-Mile-Bridge erreichten, sahen sie einige Angler auf der alten Brücke stehen, anscheinend unbeeindruckt von den Ölschlieren, die unter der Wasseroberfläche hingen. Kein Problem für die Sportangler, die nur zum Vergnügen angelten und ihre Beute sofort wieder ins Wasser warfen. Einige Männer winkten ihnen freundlich zu.

Sheyna lenkte das Boot unter der Brücke hindurch und steuerte im Golf von Mexiko nach Südwesten. Die Mangroveninseln hoben sich keine Meile von der Brücke entfernt als dunkle Schatten gegen den Himmel ab, ein Labyrinth von zahlreichen winzigen Inseln, die mit Mangroven und verfilztem Buschwerk bedeckt waren. Ein beliebtes Ziel für Touristenboote, weil die Inseln als bevorzugter Nistplatz für Vögel galten und man dort auch Alligatoren, Waschbären und andere Tiere beobachten konnte. Aus der Ferne wirkten die dicht bewachsenen Inseln genauso exotisch und unheimlich wie der Dschungel in *Jurassic Park*, *King Kong* oder der Fernsehserie *Lost*.

Vor der Einfahrt in die verzweigten Kanäle ging Sheyna mit dem Tempo unter. Die Inseln kamen ihr noch geheimnisvoller als sonst vor, beinahe bedrohlich, als würde tatsächlich King Kong oder ein anderes unheimliches Wesen im Buschwerk lauern. Die Pelikane, die sonst über den Kanälen kreisten, waren nicht zu sehen, auch andere Vögel ließen sich nicht blicken. Das

Brummen des Motors war das einzige Geräusch in der angespannten Stille.

Sheyna lenkte das Boot in einen der Kanäle und folgte dem gewundenen Wasserlauf im Schritttempo. Durch einen natürlichen Tunnel aus überhängenden Ästen fuhren sie in das Mangrovendickicht hinein. Anders als gewöhnliche Bäume gedeihen Mangroven auch im Salzwasser, und ihre weitverzweigten Luftwurzeln bildeten einen dichten Teppich an den Ufern. Das Wasser schien hier dunkler, das Dickicht am Ufer so dicht, dass man eine Machete gebraucht hätte, um es zu durchdringen. Die Sonnenstrahlen wurden durch die Laubdächer gefiltert und glitzerten als helle Flecken auf dem Wasser. Auf den Zweigen einiger Bäume saßen Spoonbills, mit ihrem rosaroten Federkleid und den gebogenen Schnäbeln die schönsten Vögel der Keys und ein Beweis dafür, dass nicht alles Leben von den Inseln verschwunden war.

»Wie in *African Queen*«, sagte Andy. Er sprach mit gedämpfter Stimme, als hätte er Angst, die Natur zu stören. An den lauten Motor dachte er nicht.

»Noch ein alter Schwarz-Weiß-Film?«, fragte Sheyna lächelnd.

»Technicolor«, verbesserte Andy. »Humphrey Bogart und Katharine Hepburn fliehen in einem alten Dampfboot durch den Dschungel. Er raucht und säuft wie ein Bierkutscher, sie ist Missionarin und versucht ihn auf den rechten Weg zu bringen, natürlich vergeblich. Trotzdem kriegen sich die beiden.«

»So wie wir?«, rutschte es Sheyna heraus.

Andy errötete. »Ich … ich weiß nicht.«

Sie drosselte den Motor und ließ das Boot in der leichten Strömung treiben. Ohne lange zu überlegen, legte sie beide Arme um seinen Hals und küsste ihn. Woher sie den Mut dazu nahm, wusste sie auch nicht. Ihr erster Kuss fiel eher schüchtern und zaghaft aus, nichts, an das man sich lange erinnern würde. Doch dann hob er den Kopf, blickte ihr für einen Moment tief in die Augen und küsste sie erneut, und diesmal hatte Sheyna das Gefühl, den Boden unter den Füßen zu verlieren und in einer rosaroten Wolke zu versinken. So hatte sie noch keiner geküsst, zumindest kam es ihr so vor, und noch nie zuvor hatte sie so tief und intensiv empfunden. Sie küssten sich so lange, bis sie keine Luft mehr bekamen und sich seufzend voneinander trennten.

»Wow!«, stieß sie überrascht hervor.

»Soll das heißen, du magst mich auch?«, fragte er.

»Sieht ganz so aus, oder?«

»Wow!«, erwiderte er.

Sheyna trat ins Cockpit zurück und fuhr langsam weiter. Im Glas der Windschutzscheibe spiegelte sich ihr zufriedenes Lächeln. Sie hatte sich selten so gut gefühlt. Allein dieser Kuss hätte genügt, um ihr zu zeigen, dass Andy etwas ganz Besonderes war. Sie griff sich unwillkürlich an den Mund, als wollte sie das Gefühl seiner Lippen auf ihren für alle Zeiten festhalten.

Er war ebenso beeindruckt. »Wow«, sagte er wieder, »und ich dachte, die Mädels wollen nichts mehr von mir wissen, seit ich in Australien von ... na, du weißt schon. Manche Besucherinnen im Center sehen mich ganz komisch an, wenn sie meine Narbe bemerken, aber ich denke gar nicht daran, lange Hosen zu tragen, nur weil die Frauen bei meinem Anblick einen Schreck bekommen.«

»Das würde ich auch nicht tun«, erwiderte sie. Sie drehte sich zu ihm um. »Außerdem ...« Sie blickte lächelnd auf seine Narbe, fand überhaupt nichts Abstoßendes daran. »Wer kann schon sagen, dass er einem Hai davongeschwommen ist? Nicht mal im *Weißen Hai* haben sie das geschafft. Du weißt schon, dieser Horror-Film mit ... keine Ahnung, wie der Typ hieß.«

»Ich interessiere mich nur für ältere Filme bis 1960«, antwortete er amüsiert. »Die bekanntesten habe ich alle auf DVD. Wenn du willst, sehen wir uns mal einen zusammen an. *African Queen* wäre ein guter Anfang. Allein die Szene, wo sie im Dschungel feststecken und von überall Moskitos kommen ...«

»Andy! Da ist jemand!«, schnitt sie ihm das Wort ab.

Er blickte sie erstaunt an.

»Hinter den Mangroven! Ein Boot!«

Andy dachte an die Szene im Film, als das deutsche Kanonenboot auftauchte, und blickte besorgt zum Ufer. Aus einem der Seitenkanäle paddelte eine Frau in einem gelben Kajak. Als sie Sheyna und Andy in dem

Boot erblickte, zog sie eine Pistole und rief: »Wer sind Sie? Was wollen Sie hier?«

12

Sheyna zog erschrocken den Gashebel zu sich heran. Das Boot sank ins Wasser zurück und schaukelte leicht. Sie kannte die Frau nicht, aber das Kajak erkannte sie. Es war eines der Boote, die man in dem kleinen Hafen südlich der Brücke mieten konnte.

»Gehören Sie auch zu diesen Verbrechern von International Oil?«, rief die Frau aufgebracht. »Wenn ja, machen Sie bloß, dass Sie hier wegkommen!«

»Andy Fletcher«, rief Andy schnell. »Ich bin vom Dolphin Research Center. Wir suchen nach verletzten Delfinen. Das ist Sheyna Kendall, meine … meine Freundin. Ihren Eltern gehört der ›Happy Pelican‹. Mit den Ölleuten haben wir nichts zu schaffen. Nehmen Sie die Waffe runter!«

Die Frau musterte ihn misstrauisch, bevor sie die Pistole senkte und in ihrer Jackentasche verschwinden ließ. Sie griff nach dem Paddel, das sie quer über dem Boot liegen hatte. »Tut mir leid«, erwiderte sie, »aber heutzutage kann man nicht vorsichtig genug sein. Wäre nicht das erste Mal, dass sie eine Umweltschützerin wie mich um die Ecke bringen.« Sie hielt ihr Kajak in der schwachen Strömung. »Daphne Corant.« Ihre Stimme klang etwas kratzig und passte zu ihrem hageren Gesicht. Ihre strohblonden Haare waren wie bei einer Indianerin zu zwei Zöpfen geflochten, den breitkrempigen Strohhut hatte sie mit Nadeln festgesteckt. »Ich arbeite für das Magazin der Umweltschutzorganisation Sierra Club und werde in der nächsten Ausgabe einige schockierende Fotos veröffentlichen. Wenn die unsere Regierung nicht dazu bringen, ihre Politik gegenüber den verbrecherischen Konzernen zu überdenken, weiß ich auch nicht, was noch passieren muss.« Sie tätschelte ihre Kamera, die an einem Riemen über ihrer Schulter hing. »Leider waren die ölverschmierten Vögel, die ich fotografiert habe, alle schon tot. Hier kommt jede Hilfe zu spät.«

»Delfine? Haben Sie Delfine gesehen?«, fragte Sheyna.

»Nein … nur Vögel. Da hinten im Dickicht.« Sie deutete hinter sich. »Ich hoffe nur, dass es jemand diesen Ölleuten heimzahlt. Anstatt einer Bohrinsel sollte mal einer ihrer gläsernen Büropaläste explodieren. Da wäre ich dabei.«

»Das würde die Sache nur noch schlimmer machen«, erwiderte Sheyna. In Gedanken sah sie noch einmal Johnny Ramsey, wie er mit einem brennenden Lappen auf die Tankstelle zulief. Sie deutete auf die Kamera. »Sind es … schlimme Fotos? Außer den Delfinen hab ich noch keine toten Tiere gesehen.«

Die Fotografin paddelte längsseits und hielt ihr die

Kamera hin. Auf dem Display war eines der gespeicherten Fotos zu sehen, ein ölverklebter Pelikan, der mit hängendem Kopf im Schilf lag. »Reicht das?«, fragte sie aufgebracht. »Und das ist nicht der einzige tote Vogel, den ich gesehen habe. Sie werden sehen, hier wütet die Ölpest genauso schlimm wie in Alabama oder Louisiana. Und Sie wollen mir weismachen, International Oil wäre ohne Gewalt beizukommen! Meinen Sie, die reagieren auf Fotos und böse Kommentare?«

»Vielleicht schon«, antwortete Sheyna, obwohl sie längst den Eindruck hatte, dass mehr dazugehörte, um eine PR-Chefin wie Monica Brecard und einen Manager wie Randy Wood aus dem Gleichgewicht zu bringen, geschweige denn einen der großen Bosse des Ölkonzerns. »Ich hoffe es jedenfalls. Rosanna Martinez von CBS ist hier, vielleicht richtet die was aus.«

Daphne Corant hatte wohl ähnliche Erfahrungen wie Sheyna gemacht und reagierte mit einer abfälligen Handbewegung. »Die denkt doch nur an ihre Karriere und wie sie Bond-Girl werden kann. Von Umweltschutz versteht die noch weniger als eine Kuh vom Eierlegen.« Sie zuckte die Achseln und ließ ein flüchtiges Lächeln aufblitzen. »Aber ich habe sie natürlich angerufen.« Sie berührte ihr Handy in der linken Jackentasche. »Ich hab mir ihre Nummer geben lassen und sie vor ein paar Minuten angerufen. In einer halben Stunde will sie hier sein. Aber ich bezweifele, dass wir mit den Bildern viel ausrichten werden. Das Schlimme ist, die Leute haben sich an die Aufnahmen von verendeten Vögeln gewöhnt. Wir müssen andere Geschütze auffahren, wenn wir die Regierung zu einer anderen Politik und die großen Ölkonzerne in die Knie zwingen wollen. Bilder genügen nicht mehr.«

»Wir werden sehen«, sagte Sheyna. Sie wechselte einen raschen Blick mit Andy, der ihm sagen sollte: Nur weg hier, bevor Rosanna auftaucht und uns erneut ins Visier nimmt. »Na dann, viel Glück!«, wünschte sie der Fotografin.

Sie schob den Gashebel nach vorn und lenkte das Boot in einen Seitenkanal, um möglichst schnell von Daphne Corant wegzukommen. Obwohl sie ahnte, wie wichtig die Fernsehberichte von Rosanna Martinez für die Bewilligung der Ausgleichszahlungen waren, auch wenn die TV-Moderatorin dabei nur an ihre eigene Karriere dachte, hatte sie keine Lust, erneut eine Hauptrolle im Beitrag der Reporterin zu spielen. Ihr reichte es schon, dass ihr morgendlicher Gefühlsausbruch in den Nachrichten erscheinen würde. So was machte sich immer gut, wenn man Einschaltquoten erzielen wollte. Ihr war der Auftritt eher peinlich, und sie hatte Angst, was das College dazu sagen würde.

Andy stand dicht neben ihr und spürte ihre Unruhe. »Mach dir keine Sorgen«, beruhigte er sie, »die stürzt sich erst mal auf die Fotografin und ihre toten Vögel.« Er grinste. »Auch wenn sie lange nicht so hübsch ist wie du.«

»Bist du sicher?«

»Es sei denn, man steht auf lange blonde Zöpfe.« Sein Grinsen wurde breiter. »Das erinnert mich an einen der ersten Farbfilme mit Judy Garland ...«

»*Der Zauberer von Oz*?«

»Den kennst du?«, fragte er verwundert. »Ich dachte, du siehst dir überhaupt keine alten Filme an. Auf meinem College wollten sie mich schon zum Schulpsychologen schicken, weil ich die *Herr-der-Ringe*-Trilogie nicht gesehen hatte. Aber was soll ich mit *Herr der Ringe*, solange es Bogey und Bacall auf DVD gibt? Die Bacall sieht jetzt noch gut aus, mit über neunzig Jahren.«

»Du bist altmodisch.«

»Ist das was Schlimmes?«

»Nicht, wenn man ...« Sie hielt mitten im Satz inne und riss den Gashebel zurück. »Da ... da drüben! Siehst du den dunklen Schatten am Ufer? Das ist ein ... ein ... Sag mir, dass es kein Delfin ist! Sag mir bitte, dass ich mich irre!«

»Zwischen den Wurzeln da? Ich weiß nicht ...«

Sie steuerte das Boot ans Ufer und rammte beinahe die Mangroven, so entsetzt war sie von dem schrecklichen Anblick, der sich ihr im Schatten der überhängenden Bäume bot. Ein ölverschmierter Delfin hatte sich zwischen den verzweigten Wurzeln verfangen, rang offensichtlich nach Luft und verschwand unter Wasser. Wenige Sekunden später kam er wieder hoch und öffnete erneut das Maul. Normalerweise kann ein Delfin bis zu fünfzehn Minuten unter Wasser bleiben, bevor er zum Atmen an die Oberfläche muss.

Der Anblick ließ Sheyna sekundenlang wie zu Stein erstarren. Entsetzt starrte sie auf das ölverklebte Tier, seine angstgeweiteten, einst so fröhlichen Augen, das schmale, mit dunklem Schlick verschmierte Gesicht, die verzweifelten Bemühungen, das lästige Öl abzuschütteln. Um den Delfin herum trieben schwarze Schlieren im Wasser, schwappten bis ins Ufergras und hinterließen schmutzige Spuren zwischen den Wurzeln. Es stank nach Öl.

»Teresa!«, flüsterte Sheyna. Auch mit den schwarzen Flecken im Gesicht erkannte sie ihren geliebten Delfin sofort. »Teresa! Du darfst nicht sterben!«

Sie stieg über die Reling und sprang ins Wasser, überließ es Andy, das Boot an einer der Mangroven zu befestigen. Ohne auf ihre Kleidung zu achten, stapfte sie zu dem gestrandeten Delfin. Er lag wieder unter Wasser, bewegte sich und schien sie aus flehenden Augen anzublicken. »Ruf das Center an! Sie sollen so schnell wie möglich kommen!«, rief sie Andy zu. »Wenn sie sich beeilen, können wir sie vielleicht retten. Das Öl ist noch frisch!«

Während Andy mit dem Dolphin Research Center sprach, versuchte Sheyna, dem Delfin das verschmierte Öl mit bloßen Händen von der Haut zu wischen. Ein sinnloses Unterfangen, das Teresa nur aggressiv zu machen schien. Sie stieß helle Pfeiflaute aus und schlug mit ihrer Schwanzflosse um sich.

»Teresa!«, sprach Sheyna ruhig auf sie ein. »Hab keine Angst, Teresa! Die Leute vom Center machen dich wieder gesund! Du bist nicht der erste Delfin, den sie vor dem Tod gerettet haben. In einer halben Stunde sind sie hier; wenn sie sich beeilen, in zwanzig Minuten.«

Teresa schien sie zu hören oder zu orten und wurde ruhiger. Vielleicht lag es aber auch daran, dass das Öl bis in ihre Lungen vorgedrungen war und sie keine Luft mehr bekam. »Halte durch, Teresa! Hörst du mich? Halte durch!«

Sheyna litt mit dem ölverschmierten Delfin und nahm ihre Umgebung kaum wahr. »Sie sind schon unterwegs!«, hörte sie Andy wie aus weiter Ferne sagen. Sie hatte eine besondere Beziehung zu Teresa aufgebaut, fast wie zu einem Haustier, und fühlte sich ihr eng verbunden. Die Indianer behaupteten, dass in den Körpern mancher Menschen und Delfine verwandte Seelen wohnten, dass Menschen in Delfinen wiedergeboren wurden. Vielleicht war Teresa ein solches magisches Tier. Ein Meeressäuger, der nicht nur eine überdurchschnittliche Intelligenz besaß und sich mit anderen Delfinen durch Pfeiflaute verständigen konnte, sondern auch ein Wesen, das ähnlich wie ein Mensch fühlen konnte. Wie ein Hund, der sich für seinen Besitzer aufopfern würde.

Die Zeit, bis das Motorengeräusch eines Bootes zu hören war, verging quälend langsam. Sheyna kniete im beinahe hüfttiefen Wasser, hielt sich mit einer Hand an einer Mangrovenwurzel fest und streichelte mit der anderen Teresa. Sie atmete erleichtert auf, als ein Motorboot um die Biegung kam. Zu ihrer Überraschung saßen jedoch nicht die Leute vom Dolphin Research Center drin, sondern Rosanna Martinez und ihr Kameramann. Der Sohn eines Fischers, den Sheyna nur vom Sehen kannte, steuerte das Boot. Als es näher kam, tauchte der kleine Scheinwerfer an der Kamera den Delfin in grelles Licht.

Sheyna sprang auf und setzte gerade zu einem derben Fluch an, als ein zweites Boot um die Biegung brauste. Diesmal kam es vom Dolphin Research Center. »Bleiben Sie weg!«, rief sie der Reporterin zu. »Lassen Sie die Leute vom Dolphin Center ran! Bleiben Sie mir mit der Kamera vom Hals!«

Sie winkte das Boot des Centers heran und rückte zur Seite, um den Leuten nicht im Weg zu stehen. Eine dunkelhaarige Frau um die dreißig, wie alle Angestellten des Centers in Shorts und T-Shirt gekleidet, sprang aus dem Boot und beugte sich über den ölverschmierten Delfin, berührte die Haut des Tieres und wandte sich an einen ungefähr gleichaltrigen Mann mit goldener Nickelbrille: »Die kriegen wir hin, Doc, oder?« Sie ließ den Arzt an den Delfin ran und begrüßte Andy. »Jennifer Stanton«, sagte sie zu Sheyna, »eine der Delfintrainerinnen. Das ist Doc Blaire, unser Tierarzt, und die beiden Jungs im Boot sind Kurt und Woody.« Sie trat zur Seite, als der Arzt den Delfin notdürftig untersucht hatte und die jungen Männer das Tier in einen mit Wasser gefüllten Container hoben. »Und du bist Sheyna, nicht wahr?«

»Sheyna Kendall«, antwortete sie, ohne den Blick von dem Delfin zu nehmen. In der Hoffnung, einen der kranken Delfine retten zu können, hatte das Center alles für einen Transport vorbereitet. »Wird Teresa wieder gesund?«

»Teresa?«, fragte die Trainerin verwundet.

Sheyna erzählte ihr in wenigen Worten, wie verbunden sie sich diesem Delfinweibchen fühlte. »Ich kenne sie schon seit vielen Jahren. Wir verstehen uns.«

Jennifer Stanton und der Tierarzt wechselten einen raschen Blick.

»Dann wäre es gar nicht so schlecht, wenn du mitkommen würdest. Nur wenn du Zeit hast, natürlich. Es hilft Teresa vielleicht, wenn jemand in ihrer Nähe ist, den sie kennt. Das ist wie bei den Menschen. Wenn wir krank sind, wollen wir, dass ein Verwandter oder Freund unsere Hand hält. Wenn ich mich recht erinnere, studierst du Meeresbiologie.« Sie deutete auf Rosanna Martinez und ihren Kameramann, die keinen Zoll von ihrer Position wichen und unablässig filmten. Ein flüchtiges Lächeln huschte über ihr sonst eher ernstes Gesicht. »Ich hab die Nachrichten gesehen, Sheyna, ich weiß über dich Bescheid. Wie wär's, wenn du mit Andy nachkommst und uns hilfst?«

»Sehr gerne, Jennifer. Das mache ich.«

Die anderen hatten den Container mit dem Delfin inzwischen verstaut, und auch Doc Blaire war an Bord geklettert. »Wir können, Jennifer.«

»Bis später«, verabschiedete sich die Trainerin und stieg über die Metallleiter auf das Boot. Kaum war sie an Bord, schob einer der beiden Jungs den Gashebel nach vorn und sie brausten davon. Die Bugwellen spülten dunkle Ölschlieren und bernsteinfarbenen Schlamm ans Ufer und brachten die zurückgebliebenen Boote ins Schleudern. Der Kameramann verlor beinahe das Gleichgewicht, brach überhastet ab und schaltete fluchend die Kamera aus.

»Hab ich das richtig mitbekommen?«, wollte Rosanna Martinez wissen. »Sie kennen den Delfin, den sie gerade weggebracht haben? Wie wär's, wenn Sie die Geschichte unseren Zuschauern erzählen.« Sie ließ den Einheimischen, den sie als Steuermann verpflichtet hatte, etwas näher ans Ufer heranfahren und das Boot an einem Mangrovenstamm vertäuen. »Ich weiß, ich weiß, Sie wollen nicht länger die Heldin spielen, aber seiner Popularität kann man sich nicht widersetzen, das bekomme ich jeden Tag zu spüren. Wenn wir erst die Aufnahmen von heute Morgen gezeigt haben, sind Sie sowieso bekannt, ob Sie wollen oder nicht. Wehren Sie sich nicht dagegen, Sheyna! Nutzen Sie die Chance, um Ihren vielen Freunden auf den Keys zu helfen. Ich weiß, den ersten Bericht habe ich ein wenig manipuliert, aber solche kleinen Tricks gehören zu unserem Geschäft. Eine Hand wäscht die andere, Sheyna. Sie können International Oil ordentlich Zunder geben und auf die verletzten Delfine aufmerksam machen, und ich komme in die landesweiten Hauptnachrichten.«

Sheyna war bereits an Bord und spülte die schwarzen Ölflecken von ihren Beinen. Nachdem sie ihre Hände mit frischem Wasser aus ihrer Plastikflasche gewaschen hatte, trank sie einen Schluck und sagte: »Okay, meinetwegen. Vielleicht können wir auf diese Weise ja wirklich was bewegen. Aber versuchen Sie nicht, uns reinzulegen oder eine Doku-Soap daraus zu machen …«

Diesmal hielt sich Rosanna Martinez an die Regeln, trat wie eine echte News-Reporterin auf und verzichtete auf jeden Schnickschnack. Die Bilder von dem ölverschmierten Delfin, die ihr Kameramann vor dem Interview aufgenommen hatte, waren ihr wohl an die Nieren gegangen. Vielleicht war sie auch der Meinung, die Bilder von dem Delfin und die Action während seiner Bergung würden genug Emotionen rüberbringen. »Und Sie waren mit diesem Delfin befreundet? Kann man mit einem Delfin befreundet sein?«

»Ich glaube schon«, erwiderte Sheyna betont nüchtern. Sie unterdrückte krampfhaft ihre Tränen, wollte ihre Gefühle nicht vor einem Millionenpublikum zur Schau stellen. »Delfine sind sehr intelligent und können auch andere Lebewesen genau einzuschätzen. Teresa und ihre Artgenossen lebten am Dolphin Reef, ungefähr eine Meile von hier, und jedes Mal, wenn ich dort tauchte oder schnorchelte, suchte sie meine Gesellschaft und führte Kunststücke für mich auf. Sie hätten sie sehen sollen, so einen Salto habe ich noch keinen Delfin schlagen sehen. Dagegen ist Shamu in SeaWorld nur eine billige Kopie. Teresa kannte mich und wusste, dass ich ihr nichts Böses wollte.«

»Und wie kommt sie hierher? Warum ist sie nicht weggeschwommen?«

»Am Dolphin Reef ist zu viel Öl. Ich war gestern draußen und hab es selbst gesehen. Dort gibt es kein Leben mehr. Ich nehme an, dass Teresa hierhergeflohen ist und sich zwischen den Inseln verstecken wollte. Normalerweise wäre sie hier einigermaßen sicher gewesen. Keine Ahnung, wie das Öl ausgerechnet in diese Buchten kommen konnte. Sie hat wohl einfach Pech gehabt.«

»Und Ihre Anwesenheit wird Teresa helfen, wieder gesund zu werden?«, fragte Rosanna Martinez. »Wie bei einem kranken Menschen, dessen Hand man hält?« Anscheinend hatte sie gehört, was Jennifer Stanton gesagt hatte.

»Das hoffe ich natürlich. Aber die Hauptarbeit wird Doc Blaire leisten müssen, der Tierarzt des Dolphin Research Centers. Wenn wir Glück haben, ist Teresa erst vor wenigen Minuten in den Ölstrom geraten, dann hat sie noch eine Chance. Ich hoffe sehr ...« Und jetzt liefen doch einige Tränen über ihre Wangen. »Ich hoffe sehr, dass sie wieder gesund wird. Ich … bete dafür.«

Damit hatte Rosanna Martinez doch noch eine emotionale Antwort bekommen, ganz gegen Sheynas Willen, die sich alle Mühe gegeben hatte, keine Gefühlsduselei aufkommen zu lassen. »Wir werden natürlich weiter über das Schicksal von Teresa berichten und hoffentlich erleben, wie die Delfindame gesund wird und wieder ihre tollkühnen Kunststücke aufführt. Rosanna Martinez, Channel 4 News in Miami/Fort Lauderdale, Florida, von den Florida Keys.«

»Wir müssen weiter«, sagte Sheyna. Sie drehte sich zu Andy um. »Fahr endlich los, sonst fange ich noch an zu flennen wie ein kleines Mädchen!«

13

Auch in der folgenden Nacht fand Sheyna kaum Schlaf, aber diesmal war es nicht die Angst vor der Ölpest oder einem Anschlag der Ramseys, die sie davon abhielt, die Augen zu schließen. Es war die pure Erleichterung darüber, dass Teresa überlebt hatte und wieder vollkommen gesund werden würde.

»Sie hat kaum was von dem Öl abbekommen«, war auch Doc Blaires erleichterte Beurteilung gewesen. »Sie haben sie genau im richtigen Augenblick gefunden.

Ein paar Stunden später und wir hätten sie wohl nicht mehr retten können. Wenn sich das Öl auf die Haut der Tiere legt, kann das zum Erstickungstod führen. Natürlich können Schäden zurückbleiben, auch bei Teresa, deshalb werden wir sie auch noch hierbehalten. Sie wird sich bei uns wohlfühlen, das verspreche ich.«

Sheyna war dabei gewesen, als Doc Blaire das Delfinweibchen untersucht hatte, und es war ihr so vorgekommen, als hätte Teresa sie angeblickt und sich darüber gefreut, dass sie in der Nähe war. Aber das konnte sie sich auch nur eingebildet haben. Sie hatte Teresa gestreichelt und ihr gut zugeredet und vor Freude geweint, als Doc Blaire zufrieden genickt und den Delfin in eines der großen Becken entlassen hatte. Noch schwamm sie etwas orientierungslos im Wasser umher, eine Folge des Öls, das die Delfine wie Betrunkene reagieren ließ, aber diesen Zustand würde sie überwinden, versicherte der Tierarzt.

In ihren Träumen war für Teresa allerdings kein Platz, denn kaum hatte sie die Augen geschlossen, tauchte Andy in ihrem Unterbewusstsein auf. Sie sah sein Lächeln, als er sie nach Hause fuhr, und spürte seine Lippen, als er sich mit einem zärtlichen Kuss von ihr verabschiedete. Bei ihm brauchte sie sich nicht zu verstellen, er akzeptierte sie so, wie sie war, und wollte sich nicht mit ihr schmücken wie Timmy oder war nur auf eine Eroberung aus wie der Typ, der sie auf dem Abschlussball der Highschool angequatscht hatte. Weder sie noch Andy hatten sich besonders große Mühe gegeben, den anderen zu beeindrucken oder anzumachen. Es war einfach passiert, »wie ein Naturereignis über sie gekommen«, würde in einem Kitschroman stehen. Wir sind verwandte Seelen, dachte sie, wir haben ähnliche Interessen, von europäischem Fußball und Schwarz-Weiß-Filmen mal abgesehen, und liegen auf derselben Wellenlänge.

Bestimmt hatte sie im Schlaf gelächelt, zumindest glaubte sie das, als sie am nächsten Morgen aufwachte und ihre zufriedene Miene im Spiegel betrachtete. Eine Momentaufnahme, wie sie wusste, denn draußen wartete die Ölpest, und ihre Eltern und vor allem die Fischer waren noch immer in ihrer Existenz bedroht. Teresa hatte Glück gehabt, sie war eines der wenigen Tiere, die den tödlichen Ölschlieren entkommen waren, aber niemand wusste, wie viele tote Delfine und Fische unter der Wasseroberfläche trieben. Sie wagte gar nicht, daran zu denken, was aus den Artgenossen von Teresa geworden war.

Nach dem Frühstück ging Sheyna zum Hafen. Trotz aller Aufregung durfte sie ihre Hausaufgaben nicht vergessen, sonst würde die Kritik ihrer Lehrer an ihren Fernsehauftritten noch schärfer ausfallen. Mit einem halben Dutzend ihrer gläsernen Behälter machte sie sich auf, um einige Proben des Meerwassers zu entnehmen und in ihrem Zimmer zu untersuchen. Erst wenn sie ihre Beurteilung geschrieben hatte, wollte sie ins Dolphin Research Center fahren. Wegen der Ölpest erwartete man bestimmt einen besonders ausführlichen und detailreichen Aufsatz über die Qualität des Wassers.

Auf dem Parkplatz am Hafen lief sie Emily über den Weg. Ihre ehemalige Freundin stieg mit einer Einkaufstüte aus dem Pick-up ihres Vaters und blieb stehen, als sie Sheyna mit den Behältern sah. »Hey«, sagte sie. »Ich hab dich im Fernsehen gesehen.« Es klang etwas abfällig. »Wenn du so weitermachst, kriegst du noch deine eigene Show und kommst aufs Cover vom *People Magazine*. So wie diese Kate Gosselin mit ihren acht Kindern.«

»Ich hab mich nicht um die Interviews gerissen«, erwiderte sie ein wenig ärgerlich, »ich stand halt zur falschen Zeit am falschen Fleck.« Natürlich ahnte sie, dass Rosanna Martinez die Personen, an denen sie ihre Storys aufhängte, auch nach dem Aussehen aussuchte und Emily wahrscheinlich zu pummelig fand. »Und auf eine eigene Show und das Cover dieses Schmierblattes hab ich auch keine Lust. Von den acht Kindern wollen wir gar nicht erst reden.«

Emily hielt die Papiertüte mit den Lebensmitteln wie einen Schutzpanzer vor ihrem Körper und blickte auf die gläsernen Behälter. »Sitzt du immer noch an deinen Hausaufgaben? Du nimmst deinen Job ernst, was? Willst eine bedeutende Wissenschaftlerin werden, Vorträge halten, im Fernsehen auftreten und Bücher schreiben ... Ich sollte mir ein Autogramm von dir geben lassen. Wer weiß, vielleicht kann ich's mal für viel Geld auf E-Bay versteigern.«

»Darauf würde ich nicht wetten. Warst du einkaufen?«

»Siehst du doch«, antwortete Emily. »Macht der Job Spaß?«

Sheyna zuckte die Achseln. »Meistens ... Wenn er keinen Spaß machen würde, hätte ich ihn mir bestimmt nicht ausgesucht. Das Studium ist ein wenig mühsam, und ich kann mir was Schöneres vorstellen, als schmutziges Wasser einzusammeln, aber einen anderen Job möchte ich nicht machen.«

Emily ging bereits weiter. »Ich schon ... die Werkstatt nervt.«

»Kommst du heute Abend zum Essen?«, rief ihr Sheyna nach.

»Mal sehen. Hab gerade viel am Hals«, antwortete sie.

Sheyna blickte ihr hinterher, bis sie in der Werkstatt ihres Vaters verschwunden war, und stieg kopfschüttelnd zum Kai hinunter. Zwischen Emily und ihr würde es wohl nie mehr so sein wie früher. Selbst Pärchen, die auf der Highschool ein Herz und eine Seele gewesen waren, gingen nach dem Abschlussball auseinander, wenn einer der beiden aufs College ging und der andere in der Heimat zurückblieb und einen Job annahm. Eigentlich schade, denn sie mochte Emily auch jetzt noch und hätte sich gern länger mit ihr unterhalten.

Während der Highschool waren sie abends oft auf die alte Brücke gegangen, hatten den Anglern zugesehen und über Jungs gelästert. Irgendwie vermisste sie diese Zeit, auch wenn ihr längst klar war, dass man stets nach vorn blicken musste, wenn man es im Leben zu etwas bringen wollte.

Sie schöpfte Wasser aus dem Hafenbecken und verschraubte den Behälter. Nachdem sie ihn in ihrer Umhängetasche verstaut hatte, ging sie an den vertäuten Booten entlang und sah einige Männer vor Rooster Baldwins Werkstatt stehen, darunter auch Heck Ramsey und Larry McCormick. Sie betrachteten ein Plakat, das am Drahtzaun des Bootsschuppens hing, und unterhielten sich laut.

Neugierig ging Sheyna zu ihnen. Die Männer wirkten aufgebracht, und schon von Weitem hörte sie Verwünschungen wie »Der kann was erleben!« und »Soll nur kommen, der Drecksack!« Heck Ramsey war wieder mal am lautesten und schüttelte drohend eine Faust. »Der rückt bestimmt nichts raus!«

»Was ist denn hier los?«, rief Sheyna verwundert.

»Das ist los!«, antwortete Heck Ramsey und deutete auf das Plakat. »Der Obermacker aus Dallas kommt. Vielleicht hat er dich im Fernsehen gesehen.«

Sheyna betrachtete das schmucklose Plakat. In dicken schwarzen Lettern stand dort auf weißem Grund, dass Joseph M. Larimer, Chief Executive Officer (CEO), also der Vorstandsvorsitzende, von International Oil, um zwanzig Uhr zu den Leidtragenden der Verschmutzung sprechen würde. Das Wort »Ölpest« klang den Konzernleuten wohl zu negativ. Die Veranstaltung würde im Community Center stattfinden.

»Joseph Larimer?«, wunderte sich Sheyna. »Der oberste Boss?«

»Höher geht's gar nicht mehr!«, erwiderte Ramsey. »Nicht mal in Alabama hat er sich sehen lassen und in Louisiana war er damals auch nicht. So einer kommt doch nur aus seinem Glaspalast, wenn die Kacke wirklich am Dampfen ist! Die Lage ist wahrscheinlich noch viel schlimmer, als wir alle denken, und der große Boss muss sich selbst an die Front bemühen, um die Regierung zu beruhigen und kleinen Leuten wie uns leere Versprechungen zu machen.«

»Heck hat recht!«, stimmte ihm Rooster Baldwin mit seiner krächzenden Stimme zu. Wenn er laut sprach wie jetzt, überschlug sie sich regelmäßig. »Bis jetzt haben wir nur die Spitze des Eisbergs gesehen. Wer weiß, was für Chemikalien die Verbrecher ins Meer geschüttet haben und wie viele Tiere wirklich schon gestorben sind. Oder meint ihr, die paar Delfine sind die einzigen?«

Larry McCormick, dessen Kunden, zwei Vertreter aus Cleveland, bereits am vergangenen Abend abgesagt hatten, sagte gar nichts, er schien regelrecht geschockt vom Anblick des Plakates. »Joseph Larimer«, stieß er erst nach einer Weile heiser hervor. »Der will sich doch nur lieb Kind bei uns machen.«

»Immerhin stellt er sich«, wandte Sheyna ein. »Er könnte ja auch seinen stellvertretenden Geschäftsführer schicken. Oder sich damit zufriedengeben, dass Monica Brecard und Randy Wood auf den Keys sind. Wenn er nach Marathon kommt, muss er sich auch anhören, was ihr zu sagen habt.«

»Der kommt doch nur, weil er sonst bei der Regierung unten durch wäre und die Aktien seines Konzerns fallen würden«, konterte Rooster Baldwin. »Oder meinst du vielleicht, der hat plötzlich seine Gefühle entdeckt? Keinen Penny wird er uns geben! Logisch, heute Abend wird er Süßholz raspeln und uns das Blaue vom Himmel versprechen, aber nach Feierabend klingt das bestimmt ganz anders. Oder haben die Leute in Louisiana etwa Geld gesehen? Zwei, drei Betriebe vielleicht, weil das Fernsehen dabei war, aber sonst? Kein Konzern zahlt freiwillig Entschädigungen und die Regierung noch weniger.«

»Ich glaube diesem Scheißkerl kein Wort«, rief Heck Ramsey. Die Festnahme seines Sohnes, der immer noch in Untersuchungshaft saß, hatte ihn noch gereizter werden lassen. »Am liebsten würde ich ihn abknallen, wenn er sich vor uns stellt und anfängt zu schleimen. Oder wenigstens seinen Hubschrauber oder seine Jacht oder seinen Wagen in die Luft jagen. Schon gut, schon gut, wir könnten ihn wenigstens mit Eiern oder Tomaten bewerfen. Ohne eine Abreibung kommt der auf keinen Fall weg, das schwöre ich euch!«

Sheyna hatte keine Lust, sich die Drohungen der Männer noch länger anzuhören, und ging am Ufer entlang nach Norden, um an verschiedenen Stellen der Küste weitere Wasserproben zu entnehmen. An dem Strand, an dem sie die toten Delfine gefunden hatten, stand der Wagen eines weiteren Fernsehsenders, was sie veranlasste, den Kopf zu senken und sich so rasch wie möglich von dem Ort zu entfernen. Sie lief nach Hause und verkroch sich in ihrem Zimmer, um in aller Ruhe die Proben analysieren und ihren Aufsatz schreiben zu können. Während sie auf ihrem Laptop tippte, kam ihre Mutter herein, stellte ihr wortlos ein Glas kalte Cola auf den Tisch und ging wieder.

Eine halbe Stunde nachdem ihre Eltern das Restaurant für die Mittagszeit geöffnet hatten, war sie fertig. Sie sicherte die Datei und beschloss, den Text am nächsten Morgen auf Fehler zu überprüfen. Sie brauchte immer etwas Abstand, um ihre Texte beurteilen zu können, und jetzt irrten zu viele Gedanken durch ihr Hirn. Sie klappte den Computer zu und ging nach unten. Ein Fischsandwich mit Remouladensoße, einer dieser gemeinen Dickmacher, die auch ihr Vater servierte, und eine zweite Cola würden sie wieder in Schwung bringen.

Im Vorraum traf sie Monica Brecard. Die PR-Managerin trug ein gerolltes Plakat unter dem Arm und betrachtete die Fotos, die sie sich bereits beim letzten Mal angesehen hatte. Sie trug ein Kostüm und hochhackige

Schuhe und erinnerte sie an die Staatsanwältinnen in der Fernsehserie *Law & Order*.

»Und das ist Teresa?«, fragte sie, während sie sich das Foto mit dem springenden Delfin ansah. »Ich habe den Bericht in den Abendnachrichten gesehen. Gar nicht schlecht, Ihr Interview, wenn auch etwas zu emotional. Bitten Sie die Reporterin nächstes Mal um eine kleine Pause, bevor Sie loslegen, dann kommen Sie gefasster rüber. Obwohl …« Sie blickte von ihr zu dem Foto. »Der Anblick dieses Delfins hat mich schon … Das ist doch Teresa, oder?«

»Ja, das ist Teresa«, antwortete Sheyna, verwundert darüber, dass sich die PR-Frau für einen bestimmten Delfin interessierte. Anscheinend war der Fernsehbericht auch an ihr nicht wirkungslos vorbeigegangen. »Aber sie ist inzwischen außer Lebensgefahr. Wir konnten sie rechtzeitig aus dem Wasser ziehen. Der Tierarzt sagt, es werde wahrscheinlich nichts zurückbleiben.«

»Das freut mich«, erwiderte Monica Brecard leise.

»Ehrlich?«

»Ich bin nicht die Zicke, für die Sie mich halten, okay?«

Sheyna erschrak über diese heftige Reaktion und wechselte schnell das Thema. »Sind Sie allein hier? Schmeckt Ihrem Begleiter unser Essen nicht?«

»Er ist mehr der Cheeseburger-und-Pommes-Typ.«

»Ein Banause?«

»So kann man's auch nennen.«

Sheyna deutete auf die Papierrolle unter ihrem Arm. »Und das ist wohl das Plakat, das Sie auch am Hafen aufgehängt haben? Für heute Abend?«

»Ja«, erwiderte Monica Brecard. »Würden Sie es aufhängen?«

»Warum nicht?« Sheyna nahm ihr das Plakat ab, holte einige Reißnägel aus der Schublade unter der Kasse und pinnte es an die Holzwand neben den Fotos. »Joseph Larimer wagt sich in die Höhle des Löwen«, kommentierte sie. »Wer sitzt ihm denn im Nacken? Die Regierung? Seine Aktionäre?«

»Sie sind ungerecht, Sheyna.«

»Ist das vielleicht ein Wunder? Damals in Louisiana hieß es auch, der Konzern würde sich um die Betroffenen kümmern und den Fischern eine Entschädigung zahlen, und was ist passiert? So gut wie nichts. Solange die Fernsehkameras laufen, spucken die mächtigen Männer immer große Töne, und kaum gehen die Scheinwerfer aus, verkriechen sie sich in ihren Edelbüros.«

»In Louisiana war ein anderer Konzern verantwortlich.«

»Die sind doch alle gleich!«

»Hat sich in Louisiana etwa der CEO in der betroffenen Gegend blicken lassen? Auch wir sind lernfähig, Sheyna. Joseph Larimer hat eine wichtige Konferenz mit Vertretern der Europäischen Union in London abgesagt, um heute Abend zu den Leuten auf den Keys sprechen zu können. Ich finde, diese Entscheidung sollten Sie würdigen. Hören Sie sich Mister Larimer doch erst einmal an, bevor Sie ein vorschnelles Urteil über ihn fällen.«

»Das werde ich tun«, versprach Sheyna. »Aber von den Fischern würde ich weniger Vernunft erwarten. Sie sind ziemlich aufgebracht und stoßen wilde Drohungen aus. Ich hoffe, Mister Larimer hat eine Security-Truppe dabei.«

»Ganz sicher, Sheyna. Gibt es heute wieder Spaghetti mit Shrimps?«

»Für Sie immer. Ich sag meinem Vater Bescheid.«

Sie führte Monica Brecard an einen freien Tisch und ging in die Küche, um die Bestellung weiterzugeben. Ihr Vater war gerade dabei, zwei Grouperfilets in der Pfanne zu wenden, und nickte nur. »Und leg bitte zwei Filets für mich in die Pfanne! Ich nehme mir ein Sandwich mit … bin schon spät dran.«

Wenige Minuten später verließ sie das Lokal. Sie nahm die Hintertür, um nicht mit der PR-Managerin sprechen zu müssen, obwohl ihr Monica Brecard nicht unsympathisch war. Zumindest wenn sie ihr privat begegnete. Sie gehörte zu den Businessfrauen, die in ihrem Job ein anderer Mensch wurden, es vielleicht auch werden mussten, wenn sie ihre Arbeit einigermaßen erfolgreich erledigen wollten. Nur einer PR-Managerin, die ihre Verlautbarungen so überzeugend rüberbrachte, als wären es ihre eigenen, glaubte man … selbst dann, wenn sie lauter Lügen verbreitete, und die waren bei der Ölkatastrophe bestimmt dabei. Wenn es um viel Geld ging, log es sich anscheinend leichter.

Vor dem Restaurant lief sie Randy Wood in die Arme. Anscheinend schmeckten dem Manager seine Cheeseburger doch nicht mehr und er wollte noch einmal die leckeren Spaghetti mit Shrimps bestellen. Er war so in Gedanken vertieft, dass er Sheyna nicht erkannte und sie nur flüchtig grüßte.

Auf dem Parkplatz sah sie eine weinende Frau an ihrem Wagen lehnen. Ein alter Toyota mit zerbeulten Kotflügeln. Die Frau zündete sich mit zitternden Händen eine Zigarette an, zog ein paarmal nervös daran und warf sie in den Kies. Sie versuchte eine neue Zigarette aus dem Päckchen zu schütteln, bekam sie nicht heraus und warf die Schachtel leise fluchend in die Büsche.

»Kann ich Ihnen helfen, Ma'am?«, fragte Sheyna höflich.

Die Frau blickte sie verwirrt an. Sie trug gelbe Shorts und ein T-Shirt mit dem Logo eines großen Campingplatzes auf Big Pine Key und dunkelblaue Crocs. Ihr Gesicht war hager, die Augen verweint, ihre Lippen schmal. Ihre dunkelblonden und etwas strähnigen Haare hatte sie zu einem Pferdeschwanz gebunden. »Alles okay«, erwiderte sie, »ich bin in Ordnung, Miss. Wirklich.«

Sheyna glaubte ihr nicht und blickte in den Wagen. Auf dem Rücksitz saß ein Mädchen, ungefähr acht Jahre alt, und starrte mit leeren Augen nach vorn. »Ist was mit Ihrer Tochter, Ma'am? Ich würde Ihnen wirklich gerne helfen.«

»Sie heißt Nicole.«

»Ist was mit Nicole?«

Die Frau rieb sich die Tränen aus den Augen und von den Wangen und musterte Sheyna lange, bevor sie antwortete: »Nicole ist krank. Sie wäre vor einem Jahr beinahe ertrunken. Die Sanitäter brauchten fast eine halbe Stunde, um sie wiederzubeleben. Aber der Sauerstoffmangel hat wichtige Teile ihres Gehirns geschädigt. Sie lag elf Monate im Koma, und als sie endlich erwachte, sagten die Ärzte, dass sie niemals wieder so sein würde wie früher.«

Sie begann erneut zu weinen, hatte sich aber anscheinend entschlossen, ihre Geschichte zu erzählen, und fuhr fort: »Dann lief mein Mann weg. Er kam mit der Situation noch weniger zurecht als ich. Zum Glück unterstützt er mich noch finanziell ... es ist nicht viel, aber ich komme über die Runden. Dann hörte ich von dieser Delfintherapie ... dass vielen Kindern, die im Koma lagen, im Dolphin Research Center geholfen wurde. Sie schwimmen mit den Delfinen und lernen, sich wieder zu bewegen und Freude am Leben zu haben. Leider kostet die Therapie ein Vermögen. Ich wohne jetzt bei meinen Eltern auf dem Campingplatz in Big Pine Key, die bleiben den ganzen Winter auf den Keys und passen auf Nicole auf, wenn ich jobben gehe. Walmart, McDonald's … was ich kriegen kann. Ich hab schon einiges Geld gespart, aber bis ich mir die Therapie leisten kann, wird es wohl noch zwei Jahre dauern. Ich fahr trotzdem immer her und sehe mir das Center an, wahrscheinlich hoffe ich insgeheim, dass ein Ritter auf einem weißen Pferd vorbeikommt und mir einen Scheck ausschreibt.« Sie brachte ein flüchtiges Lächeln zustande. »Aber wie ein Ritter sehen Sie nun nicht gerade aus.« Sie kramte ein Taschentuch aus ihren Shorts und schnäuzte sich. »Ich weiß gar nicht, warum ich Ihnen das alles erzähle.«

Sheyna erwiderte das Lächeln. »Wie viel Geld haben Sie denn zusammen?«

»Ungefähr die Hälfte. Zusammen mit dem, was meine Eltern erübrigen können.«

»Dann fehlen noch ein paar Tausender.«

Sie steckte das Taschentuch weg. »Ich wollte Sie nicht mit meinen Problemen belästigen, Miss. Meiner Tochter und mir geht es gut. Sie ist am Leben, das ist das Wichtigste. Wir haben ein gemütliches Zuhause und zu essen, und meine Eltern kümmern sich rührend um sie, wenn ich arbeiten gehe.«

Sheyna überlegte eine Weile, sie wollte keine falschen Hoffnungen bei der Frau wecken. »Ich kenne einige Leute beim Dolphin Research Center, Ma'am. Vielleicht kann ich einen günstigen Rabatt für Sie herausschlagen.«

»Sagen Sie nicht Ma'am. Ich bin Alison … Alison

Green. Nennen Sie mich Allie.« Sie öffnete die Wagentür und blickte ihre Tochter an. »Das habe ich auch schon versucht. Sie wollen mir die Therapie zum Nettopreis geben. Aber auch dann fehlen mir noch ein paar tausend Dollar. Nicht Ihr Problem.«

»Wo kann ich Sie erreichen, Ma'am … Allie?«

»Venture-Out-Campingplatz. Bei den Jacksons. Aber machen Sie sich keine Sorgen um uns. Wir kommen zurecht, Miss, wir schaffen es auch allein.«

Sheyna wartete, bis sie davongefahren war, und ging nachdenklich weiter. In ihrem Wagen wählte sie die Handynummer von Rosanna Martinez.

14

Andy war mit dem Boot unterwegs, um nach weiteren verletzten Delfinen zu suchen, als sie das Dolphin Research Center erreichte. Er hatte am Eingang eine Ansichtskarte mit einem springenden Delfin für sie hinterlassen. »Bin unterwegs. Hole Dich um halb acht Uhr zur Kundgebung ab. Den großen Boss dürfen wir nicht verpassen.« Darunter waren ein ungelenkes Smiley und die Buchstaben XOXOXO zu sehen. Eigentlich nichts Besonderes, das Kürzel für »Küsse und Umarmungen« zierte viele E-Mails und SMS, aber daneben hatte er »Ich vermisse dich« geschrieben, und das stand nicht überall.

Sie fragte nach Jennifer und fand die Trainerin am Rand eines Salzwasserbeckens, das von den anderen Becken durch einen Bretterzaun getrennt und für Besucher nicht zugänglich war. »Sheyna!«, rief sie erfreut. »Du kommst gerade richtig. Unserer Freundin geht es schon viel besser. Sieh dir das an!«

Sheyna erkannte das Delfinweibchen bereits an der Art, wie es seine Flossen bewegte. Teresa schwamm niemals geradeaus wie die meisten anderen Delfine, sie schien großen Gefallen daran zu haben, kleine Schlenker einzulegen und ihr Gegenüber im Ungewissen darüber zu lassen, von welcher Seite sie sich näherte. Am Dolphin Reef, als noch kein Öl die Küstengewässer verschmutzt hatte, war sie blitzschnell gewesen und hatte manchmal so scharfe Haken geschlagen, dass Sheyna sie sekundenlang aus den Augen verloren hatte. Geschwächt von der Krankheit war sie langsamer, wesentlich langsamer, und schien auch die Lust an ihren wagemutigen Kunststücken verloren zu haben.

»Sie wirkt ein bisschen müde«, sagte Sheyna enttäuscht.

Jennifer hatte nichts anderes erwartet. »Kein Wunder nach dem, was sie durchgemacht hat. Doc Blaire sagt, sie braucht noch einige Tage, um fit zu werden. In dem ölverseuchten Wasser konnte sie kaum atmen, davon muss sie sich erst mal erholen. Aber ihre Lungen wurden anscheinend nicht geschädigt, und in ein paar Tagen ist sie wieder ganz die Alte. Sie hat großes Glück gehabt.«

»Arme Teresa!« Sheyna ging am Beckenrand in die Hocke und sah ihrer Delfinfreundin beim Schwimmen zu. Als Teresa sie bemerkte, wendete sie mit einem kräftigen Schlag ihrer Schwanzflosse und schwamm zu ihr, streckte ihre Schnauze aus dem Wasser und zeigte ihre makellosen Zähne. Mit fröhlich klingenden Lauten gab sie Sheyna zu verstehen, wie sehr sie sich freute.

»Teresa! Bin ich froh!«, begrüßte Sheyna sie erleichtert. Sie beugte sich zu der Delfindame hinunter und tätschelte zärtlich ihren Kopf. »Du wirst wieder ganz gesund, hast du schon gehört? In ein paar Tagen bist du wieder schnell wie der Blitz und kannst den Besuchern deine Kunststücke zeigen.«

Teresa schien sie anzulächeln und drehte sich einmal um die eigene Achse, wohl um ihr zu zeigen, dass sie nicht mehr weit von ihrer Bestform entfernt war. Natürlich gehört das Lächeln zum Gesichtsausdruck aller Delfine, es war vielleicht gar kein Lächeln, aber Sheyna war fest davon überzeugt, dass Teresa sich freute. Ein Hund hätte sicher heftig mit dem Schwanz gewedelt.

»Hast du dich denn bei den Leuten hier bedankt? Bei Jennifer und Doc Blaire? Sie leisten ganze Arbeit, weißt du? Es war bestimmt nicht einfach, dir das klebrige Öl von der Haut zu waschen. Nur gut, dass du dich bei den Mangroveninseln versteckt hast, sonst hätten wir dich vielleicht nie gefunden.«

Sheyna nahm den Kopf des schlanken Delfins in beide Hände und drückte ihm einen schmatzenden Kuss auf die Schnauze. Teresa bedankte sich mit einem Pfeiflaut, tauchte unter und schwamm in die Mitte des Beckens, wo sie sich aus dem Wasser schraubte. Zu einem Salto fehlte ihr noch die Kraft, und sie tauchte längst nicht so elegant ins Wasser wie am Dolphin Reef, aber lange würde sie nicht mehr brauchen, das gab sie ihr deutlich zu verstehen.

»Du verstehst dich wirklich gut mit ihr«, sagte Jennifer. »Und du bist der beste Beweis dafür, dass Delfine tatsächlich Personen unterscheiden können. Diese Fähigkeit hat man ihnen lange Zeit abgesprochen. Teresa weiß, wer du bist, das könnte auch ein Laie erkennen. Einmal hatten wir eine schwangere Frau hier, die unbedingt mit den Delfinen schwimmen wollte. Als sie ins Wasser stieg, schwamm eines unserer trächtigen Weibchen auf sie zu und hielt ihr den gewölbten Bauch hin. Mit ihrem Echolot finden Delfine sogar heraus, ob sich neues Leben im Körper einer Frau befindet. Eindrucksvoll, nicht wahr? Delfine sind wirklich ganz erstaunliche Wesen. Wenn ich ehrlich bin, sind sie mir manchmal lieber als Menschen. Sie sind aufrichtiger … und humaner. Auch ein Delfin kann aggressiv werden, aber er würde niemals einen anderen Delfin töten. Um Abstand zu halten, stößt er einen Warnlaut aus.«

»So ein Warnlaut hätte mir auf dem Abschlussball der Highschool wahrscheinlich den Abend gerettet«, erwiderte Sheyna lächelnd. »Manche Typen waren ganz schön aufdringlich.«

»Andy ist da ganz anders. Du magst ihn, oder?«

»Merkt man das?«

Jennifer lächelte. »Auf eine Meile Entfernung. Andy ist ein guter Kerl. Er lernt wie ein Besessener ... mehr als alle anderen, die bisher hier waren. Er will möglichst schnell fest angestellt werden. Die Delfine haben es ihm angetan ... wie uns beiden. Er wird mal ein guter Trainer, davon bin ich überzeugt.«

»Und dein Mann?« Sie deutete auf den Ring. »Mag der auch Delfine?«

»Joe?« Sie standen beide auf. »Joe arbeitet als Ranger im Everglades-Nationalpark, der hat mehr mit Vögeln, Schlangen und Alligatoren zu tun.«

»Und mit nervenden Touristen.«

»Das kann man laut sagen.«

Aus dem Hauptgebäude kam Mary Conolly, die Leiterin des Dolphin Research Centers. Sie trug einen grauen Hosenanzug und hatte einen bunten Seidenschal um ihren Hals geschlungen. Ihre Miene wirkte angespannt, doch als sie Sheyna sah, erschien ein Lächeln auf ihrem Gesicht. »Sheyna! Jennifer hat mir schon erzählt, dass Sie ein ganz besonderes Verhältnis zu unserer neuen Patientin haben. Schön, dass Sie Teresa dabei helfen, gesund zu werden.«

»Danke, dass ich hier sein darf.«

Die Leiterin wandte sich an Jennifer. »CBS hat angerufen. Rosanna Martinez höchstpersönlich. Stellen Sie sich vor, ihr Sender will die Kosten für die Therapie des kleinen Mädchens übernehmen, das neulich hier war. Sie wollen so eine Art Doku-Soap über sie drehen. Sie wissen ja, wie ich zu Dreharbeiten auf unserem Gelände stehe, aber Mary-Ann ist ganz begeistert. So eine gute Werbung würden wir in zwanzig Jahren nicht bekommen.« Sie blickte Sheyna an. »Mary-Ann leitet unsere PR- und Presseabteilung.« Und wieder zu Jennifer: »Ein Bericht in der *Early Show* sei ein größerer Glückstreffer als ein Jackpot in Las Vegas, sagt sie, und ich gebe es ja zu, sie hat vollkommen recht.«

»Ich fürchte, daran bin ich schuld«, gestand Sheyna kleinlaut.

»Sie?« Mary Conolly blickte sie erstaunt an.

»Das Mädchen tat mir leid. Ich hab sie und ihre Mutter auf dem Parkplatz unseres Restaurants getroffen. Allie ... Alison Green, so heißt die Mutter ... sie hat geweint und war vollkommen mit den Nerven runter, weil es so lange dauern würde, bis sie das Geld zusammenhat. Sie hat mir erzählt, dass Sie ihr Rabatt geben wollen, aber selbst damit war es noch zu teuer für sie. Ich bekam Mitleid mit ihr, und da Rosanna Martinez mir ständig wegen ihrer Ölstory auf den Pelz rückte, dachte ich, sie könnte auch mal was für mich tun. Ich weiß, sie bringt hier sicher einiges durcheinander, aber ich konnte nicht anders.«

Mary Conolly grinste breit. »Dafür wird Sie Mary-Ann auf ewige Zeiten in ihr Herz schließen und ich, ehrlich gesagt, auch. CBS will zehn Tage lang aus unserem Center berichten. Wissen Sie, wie viel wir bezahlen müssten, wenn das Werbespots wären? So viele Dollar verdienen wir das ganze Jahr nicht.«

»Dann sind Sie mir nicht böse?«

»Ganz im Gegenteil. Der Haken dabei ist nur …«

Sheyna ahnte Böses.

»… dass sie schon unterwegs sind und jeden Augenblick hier auftauchen werden. Natürlich wollen sie auch Teresa filmen … und Sie, Sheyna. Sieht ganz so aus, als hätten sie einen Narren an Ihnen gefressen. Ich hoffe, Sie sind einverstanden. Sie würden unserem Center einen großen Dienst erweisen.«

»Klar«, erwiderte sie widerwillig, »wenn ich's schon eingefädelt habe.«

Keine zehn Minuten später parkte der Wagen von Channel 4 News vor dem Eingang, und Rosanna Martinez stolzierte wie eine Königin in das Center, gefolgt von ihrem Kameramann und dem jungen Fahrer, der sich um den Ton kümmerte. Allie Green und ihre Tochter Nicole hielten sich im Hintergrund. Die Mutter schien noch gar nicht richtig verstanden zu haben, was mit ihr geschah, und war von Gefühlen überwältigt. Nicole saß in einem Rollstuhl und wirkte emotionslos. Ihr Gesicht zeigte nicht die geringste Regung.

Während Rosanna Martinez sich mit der Leiterin des Dolphin Research Centers bekannt machte und das weitere Vorgehen besprach, kam Allie Green auf Sheyna zu und schloss sie weinend in die Arme. In dieser Haltung verharrten sie, bis die Mutter des kranken Mädchens ihre Gefühle wieder im Griff hatte und mit tränenerstickter Stimme sagte: »Ein Ritter auf einem weißen Pferd sind Sie nicht, das ist wahr, aber eine Prinzessin, die sind Sie!«

Sheyna war die übertriebene Dankbarkeit peinlich und atmete erleichtert auf, als sich Allie von ihr löste. Sie beugte sich zu dem Mädchen im Rollstuhl hinunter und sagte: »Du bist also Nicole. Hübsch siehst du aus! Was meinst du, was du in den nächsten Tagen alles erleben wirst! Darum werden dich alle Mädchen beneiden. Richtige Delfine wirst du kennenlernen, so wie in SeaWorld, da warst du sicher schon mal, nur diesmal ganz aus der Nähe. Du glaubst nicht, wie gern Delfine kleine Mädchen haben. Und zaubern können sie auch! Pass nur auf, sie werden ein Lächeln auf dein Gesicht zaubern und sie werden dir helfen, wieder gesund zu werden. Na, freust du dich?«

Nicole antwortete nicht, sie hatte schon seit über einem Jahr nicht mehr gesprochen und war auch zu keiner Regung fähig. Stumm und starr saß sie in ihrem Rollstuhl, den seltsam leeren Blick nach vorne gerichtet. Erst bei diesem Anblick verstand man die Verzweiflung ihrer Mutter und die Hoffnung auf eine zumindest teilweise Heilung durch den Umgang mit Delfinen.

»Natürlich können wir einen solchen Erfolg nicht garantieren«, sagte Karen Robards, die Therapeutin des Centers, als die Kamera lief, »und es wurde bisher auch nicht wissenschaftlich bewiesen, dass Delfine bei einem behinderten oder verstörten Menschen zur Besserung beitragen, aber unsere Erfolge sind so beeindruckend, dass wir gar nicht darauf angewiesen sind. Bei den meisten Patienten tritt schon nach zehn Tagen eine Besserung ein. Ich möchte Sie, liebe Allie, nur um Geduld bitten, wenn es nicht gleich auf Anhieb klappt. Geduld ist die wichtigste Tugend, die Verwandte und Bekannte unserer Patienten mitbringen müssen. Lassen Sie sich nicht verrückt machen.«

Sheyna, die ihren Badeanzug dabeihatte, stieg mit ins Wasser, als Allie Green mit ihrer Tochter das Becken betrat. Das Wasser war angenehm warm und auf der Stirnseite so tief, dass man gerade noch stehen konnte. Außer ihnen waren auch Jennifer und die Therapeutin im Wasser. Rosanna Martinez stand mit ihrem Kameramann am Beckenrand und dirigierte ihn herum.

Jennifer rief den einzigen Delfin, der in dem Becken schwamm, mit einer Handbewegung herbei. »Das ist Alex«, stellte sie ihn vor, »ein gutmütiger Bursche, der besonders gut mit Kindern kann. Auch unter Delfinen gibt es unterschiedliche Charaktere. Manche sind Athleten und versuchen ständig, schneller zu schwimmen und höher zu springen. Andere lieben die Herausforderung und lösen gerne Rätsel. Alex ist ein verspielter Junggeselle, er ist am liebsten mit Kindern zusammen.« Sie blickte auf den Delfin, der seine Schnauze vorwitzig aus dem Wasser streckte. »Na, was ist? Willst du Nicole nicht Guten Tag sagen? Du darfst die ganze nächste Woche mit ihr spielen.«

Alex schien sie zu verstehen. Er schwamm dicht an das Mädchen heran und stupste sie leicht mit der Schnauze an. Sein Lächeln wirkte ansteckend, doch Nicole reagierte nicht, hing beinahe leblos in den Armen ihrer Mutter.

»Haben Sie Geduld!«, betonte die Therapeutin noch einmal. »Es wird wohl etwas dauern, bis sich die beiden angefreundet haben. Keine Angst. Delfine sind offen für Kinder und verlangen keine Gegenleistung für ihr Lachen.«

»Du darfst Alex gerne streicheln«, sagte Jennifer.

Sheyna schwamm hin, ergriff die Hand des kranken Mädchens und legte sie auf die glatte Haut des Delfins. »So ist es gut«, machte sie ihr Mut, »so zeigst du ihm, dass du ihn auch gernhast. Fühlt sich das nicht prächtig an?«

Sie erinnerte sich noch gut, wie sie zum ersten Mal einen Delfin berührt hatte. Vor ein paar Jahren im Miami Seaquarium, einem sehr viel kleineren Wasserpark als SeaWorld. Noch schöner war ihre erste wirkliche Begegnung mit Teresa gewesen, als das Delfinweibchen dicht an sie herangeschwommen war und sich auf den Rücken gedreht hatte. Sie hatte mit der flachen Hand über ihre weiße Haut gestrichen und sich gewundert, wie glatt und sanft sie unter ihren Fingern dahinglitt, noch weicher als Samt. Auf dem College hatte sie gelernt, dass Delfine alle zwei Stunden ihre äußeren Hautzellen abstoßen, vielleicht fühlen sie sich deshalb so weich an. Ihre glatte Haut und ihr stromlinienförmiger Körper helfen ihnen, wenn es sein muss, pfeilschnell durch das Wasser zu schießen, schneller als die meisten anderen Meerestiere.

Auch Alex drehte sich auf den Rücken und bot dem Mädchen seinen weißen Bauch dar. Diesmal streckte Nicole selbst eine Hand aus, schüchtern und unkoordiniert, sodass sie weit an Alex vorbeigriff. Erst als ihr Allie half, ihre Hand auf den Bauch des Tieres zu legen, klappte es besser. Vielleicht nur ein Reflex, denn ihre Miene veränderte sich nicht und blieb reglos wie bei einer Puppe. Alex half ihr, indem er sich unter ihrer Hand bewegte, immer wieder leicht dagegenstupste und erst von ihr abließ, als sein Luftvorrat zu Ende ging und er nach oben kam, um Luft zu schnappen. Aus seinem Atemloch schoss eine Fontäne aus Luft und Wasser empor, spritzte wie ein kleiner Springbrunnen.

»Legen Sie Nicole auf seinen Rücken!«, sagte Karen Robards, als der Delfin zurückkehrte und neben dem Mädchen im Wasser verharrte. »Keine Angst, Allie! Alex macht das nicht zum ersten Mal. Er lässt Nicole nicht untergehen.«

Allie Green schob ihre Tochter auf den Rücken des wartenden Tieres und ließ zögernd los, ihr flackernder Blick ließ erkennen, wie unwohl sie sich dabei fühlte.

Mit angehaltenem Atem verfolgte sie, wie Alex langsam losschwamm und eine Runde durch das Becken drehte. Er bewegte sich so vorsichtig, dass Nicole sicher auf seinem Rücken blieb und wohlbehalten in die Arme ihrer Mutter glitt, als er den Ausgangspunkt seiner Reise erreicht hatte.

»Hast du das?«, fragte Rosanna Martinez ihren Kameramann.

»Logisch«, kam die flapsige Antwort.

Eine ganze Stunde lang beschäftigten sich Jennifer und die Therapeutin, aber auch Sheyna und Allie und vor allem Alex mit dem kranken Mädchen. Allie durfte ihre Tochter nur mit einer Hand festhalten, sodass sie beinahe schwerelos im Wasser schwebte und die Nähe des Delfins besonders intensiv empfand. »Sie werden sehen, nach einiger Zeit wird sich die Verkrampfung bei Nicole lösen«, sagte Karen Robards. »Ich kann nicht sagen, in welchem Maße, aber Alex bewirkt bei Kindern wahre Wunder. Wenn alles gut geht, wird sie sich wieder an ihre Gliedmaßen erinnern, an ihre Arme und Beine, und sie hoffentlich wieder bewegen können. Allein dass sie den Versuch unternimmt, ist unser erstes Ziel. Und sie wird hoffentlich wieder sehen können, lebendige Bilder, nicht dieses farblose Einerlei wie jetzt. Ihre Verkrampfung muss sich lösen, und das geht am besten im Wasser und in der Gesellschaft eines Tieres, das sich vollkommen auf Nicole konzentriert und mit ihr spielt.«

Zum Abschluss der Therapiestunde durfte Nicole noch eine Runde mit Alex drehen. Wieder lag sie scheinbar leblos auf seinem Rücken, doch als sie in die Arme ihrer Mutter rutschte, stand ein kaum sichtbares Lächeln auf ihrem Gesicht. Der Hauch eines Lächelns, ein winziges Leuchten in ihren sonst so stumpfen und leeren Augen, das Allie Green tief in ihrer Seele berührte.

»Habt ihr das gesehen?«, rief sie aufgeregt. »Sie hat gelächelt. Das hat sie nach ihrem Unfall noch nie getan. Sie hat gelächelt. Mein Gott, es geht ihr jetzt schon besser!« Sie drückte ihre Tochter fest an sich und weinte vor Rührung, sie war so glücklich wie schon lange nicht mehr in ihrem Leben. »Ich danke euch! Karen, Jennifer, Sheyna … ich danke euch von ganzem Herzen.«

»Und natürlich dir, Alex!«, fügte sie schon wieder lachend hinzu.

15

Andy holte sie in einem Geländewagen des Dolphin Research Centers ab. Die Sonne stand bereits tief am westlichen Horizont, als sie in südlicher Richtung zur Community Hall fuhren und in einen langen Stau gerieten, der sich bis zum Parkplatz vor der schmucklosen Halle hinzog. Mehrere hundert Leute wollten hören, was der oberste Manager von International Oil zu sagen hatte.

Sheyna trug Jeans und ein Sweatshirt, auch Andy hatte sich etwas Wärmeres angezogen. Sobald die Sonne untergegangen war, wurde es empfindlich kalt und die Community Hall war sicher nicht beheizt. Sheyna fühlte sich wohl neben Andy. Sie genoss es, einen Menschen an ihrer Seite zu wissen, vor dem sie sich nicht zu verstellen brauchte. Er war ihr schon jetzt vertraut.

Als sie ausstieg, ratterte ein Hubschrauber mit dem violetten Logo von International Oil über ihren Kopf hinweg. Er flog so niedrig, dass sie sich unwillkürlich duckte. Im heftigen Luftzug der Rotoren flatterte ihr Sweatshirt, und eine weggeworfene Zeitung wirbelte über den Asphalt. Einer der zahlreichen Fischer verlor seine Baseballkappe und fluchte ungeniert.

»Das geht ja gut los«, rief Sheyna in den Motorenlärm.

»Große Bosse dürfen das«, erwiderte Andy sarkastisch.

Auf dem Parkplatz und vor der Halle wimmelte es von Menschen. Kaum einer lächelte, die meisten wirkten angespannt oder verärgert und unterhielten sich mit ihren Verwandten, Freunden und Bekannten. »Immerhin lässt er sich blicken«, sagte ein Ladenbesitzer, den Sheyna vom Sehen kannte, »hätte ich ihm nicht zugetraut.« Der Mann neben ihm winkte ab. »Der will doch nur gut Wetter in den Medien machen. Heiße Luft … mehr hat der nicht zu bieten.« Einer der jungen Fischer warf seine Zigarette in den Kies. »Hoffentlich hat er sein Scheckbuch dabei, sonst braucht er erst gar nicht anfangen zu reden!«

Daphne Corant, dic fotografierende Umweltschützerin, die Sheyna und Andy bei den Mangroveninseln getroffen hatten, war ganz in Schwarz gekleidet und trug das vergrößerte und auf Pappe aufgezogene Foto eines ölverschmierten Pelikans um den Hals. Darunter stand in großen Buchstaben: »So werden wir alle sterben!«

Direkt neben dem Eingang parkten der Van von Channel 4 News und ein zweiter Übertragungswagen von CNN. Ihre Satellitenschüsseln zeigten in dieselbe Richtung. Rosanna Martinez war nicht zu sehen, sie ließ sich wahrscheinlich schminken und die Haare legen. In der Tür des CNN-Trucks stand ein Mann, den Sheyna aus dem Fernsehen kannte, sein Name war ihr allerdings entfallen. Auf der anderen Seite parkten etliche Streifenwagen wie bei einem sportlichen Großereignis: der Sheriff mit seinen Deputys, die Staatspolizei, daneben zwei dunkle Personenwagen mit getönten Scheiben, das FBI oder wer auch immer. Chief Duggan hatte seine Leute um sich gesammelt und gab Anweisungen.

Sheyna beobachtete, wie Heck Ramsey und sein Sohn einen großen Bogen um die Gesetzeshüter schlugen, also war Johnny wieder frei und wollte der Polizei aus dem Weg gehen, oder sein Vater hatte tatsächlich faule Eier oder Tomaten dabei. Nur ein paar Schritte hinter ihm entdeckte sie Rooster Baldwin, seine Frau, die im gemeinsamen Laden arbeitete und sich selten sehen ließ, dahinter lief Emily, als würde sie ihre Eltern gar nicht kennen. Als sich ihre Blicke trafen, sah sie schnell wieder weg, anscheinend waren ihr die ständigen Begegnungen mit der ehemaligen Freundin peinlich. Vielleicht machte sie sich schon Vorwürfe, nicht aufs College gegangen zu sein, oder sie hatte erkannt, dass sie für die Uni nicht taugte und in der Werkstatt und im Laden ihrer Eltern versauern würde. Kein schlechter Job, wenn man Boote mochte und handwerklich begabt war, aber nichts für eine junge Frau, die alle *Sex-and-the-City*-DVDs besaß und von einem ganz anderen Leben träumte.

Selbst über die lauten Stimmen der vielen Leute hinweg hörte man, wie das Rattern des Hubschraubers verstummte. Der Heliport von Keys Heli Tours lag nur eine halbe Meile entfernt. Gleich darauf erklangen Sirenen, und zwischen den Palmen am Straßenrand flackerten rote und blaue Lichter. Als Sheyna und Andy die Halle betraten und sich noch einmal umdrehten, sahen sie gerade noch, wie ein schwarzer Cadillac Escalade mit getönten Scheiben auf die gesperrte Bühnenzufahrt zur Community Hall einbog, eingerahmt von vier Streifenwagen und zwei zivilen Fahrzeugen, in denen wahrscheinlich die Leibwächter des Konzernbosses saßen. Das Gemurmel der Leute wurde lauter und man hörte Bemerkungen wie: »Da kommt der Dreckskerl!«

In der Halle waren bereits alle Plätze besetzt. Die Leute drängelten sich in den Gängen und an den Seiten, jeder wollte dabei sein, wenn der für die Ölpest Verantwortliche sprach. Sheyna und Andy arbeiteten sich an der rechten Wand entlang nach vorn vor und blieben seitlich von der Bühne stehen, nur wenige Schritte von Monica Brecard und Randy Wood entfernt, die hinter einer Absperrung bei den Polizisten am Bühneneingang warteten. Sheyna fing den Blick der PR-Managerin auf und glaubte ein freundliches Lächeln zu erkennen.

Falls es ein Lächeln war, verschwand es aber sofort wieder, denn gleich darauf öffnete jemand die Seitentür und Joseph Larimer betrat die Halle, umgeben von mehreren Sicherheitsleuten in schwarzen Anzügen und mit schwarzen Knöpfen im Ohr. Sheyna war sicher, dass sie bewaffnet waren.

Der Ölboss war jünger, als sie ihn aus dem Fernsehen in Erinnerung hatte. Um die vierzig, schätzte sie. Sein kantiges Gesicht war sonnengebräunt, seine dunklen Haare mit Gel nach hinten gekämmt. Er trug einen Maßanzug, wie man ihn bei Männern seiner Preisklasse vermutete, und edle Schuhe, die Sheyna auffielen, als er die Treppe zur Bühne hinaufstieg. Monica Brecard und Randy Wood folgten ihm. Während Larimer hinter den Grünpflanzen am Bühnenrand stehen blieb, trat die PR-Frau, im dunklen Kostüm und mit hochhackigen Schuhen, ans Mikrofon und wartete geduldig, bis es in der überfüllten Halle leiser wurde. Hinter ihr leuchtete ein Banner mit dem Firmenlogo von International Oil und dem Slogan »Von Menschen ... für Menschen.«

»Ladys und Gentlemen«, rief Monica Brecard so fröhlich, als gelte es, den Quarterback der Miami Dolphins anzusagen, »ich darf Ihnen den Chief Executive Officer von International Oil vorstellen ... Mister Joseph M. Larimer!«

Der Vorstandsvorsitzende löste sich aus dem Schatten der großen Topfpflanzen, bedankte sich mit einem Kopfnicken bei seiner PR-Chefin und trat mit dem Manuskript seiner Rede ans Rednerpult. Die lautstarken Pfiffe und Buhrufe ließ er gleichmütig über sich ergehen. Er wartete geduldig lächelnd, bis sich die erste Aufregung gelegt hatte, lächelte in die Fernsehkameras und legte los.

»Meine sehr verehrten Damen und Herren, liebe Bewohner der wunderschönen Florida Keys«, begann er. Seine Zähne waren strahlend weiß und sehr ebenmäßig, stellte Sheyna fest, wahrscheinlich Jacketkronen. »Es war mir ein großes Bedürfnis, heute Abend nach Marathon zu kommen und mich mit Ihnen auszutauschen. Als verantwortlicher Vorstandsvorsitzender von International Oil betrachte ich es als Selbstverständlichkeit, die Sorgen und Nöte der Bürger ernst zu nehmen und mir Ihre Fragen und Kommentare anzuhören. Glauben Sie mir, auch an mir ist diese Katastrophe nicht spurlos vorübergegangen. Ich bin nicht der hartherzige und geldgierige Manager, als den mich die Medien manchmal darstellen.« Er blickte in die Kameras und ließ den Satz wirken, kümmerte sich nicht um Zwischenrufe wie »Hört, hört!«, »Wer's glaubt!« und »Seit wann denn?«

Der versteht es, sich ins rechte Licht zu rücken, dachte Sheyna, besser konnte er seine Rede nicht beginnen. »Der Wolf im Schafspelz!«, flüsterte sie Andy ins Ohr. »So was lernt man wahrscheinlich auf der Managerschule.«

»Eigentlich hätte ich heute Abend auf einer wichtigen Konferenz in London sein müssen«, fuhr er fort, »eine wirklich wichtige Konferenz mit den politischen Führern der Europäischen Union. Wir wollten über wirtschaftliche Entwicklungen der nächsten Jahre sprechen und eine für beide Seiten wichtige Abmachung unterschreiben, die wegweisend für die Politik der nächsten Jahre sein könnte. Ich habe unseren Präsidenten und die Regierungschefs der europäischen Länder angerufen und ihnen gesagt, dass ich heute zu den Bewohnern der Florida Keys sprechen werde und wir die Konferenz auf einen anderen Zeitpunkt verschieben müssen. Bei Ihnen zu sein, meine lieben Freunde, war mir wichtiger, als mit diesen bedeutenden Politikern zu verhandeln.«

Ein Teil des Publikums klatschte und übertönte die wenigen spöttischen Bemerkungen, die vor allem von den Fischern auf der anderen Seite des Saales kamen.

Sheyna erkannte Rooster Baldwin und die Ramseys, etwas weiter hinten entdeckte sie Larry McCormick, der aber stumm blieb und beide Hände in den Taschen seiner Jacke vergraben hatte. Emily war nicht zu sehen.

Larimer lächelte zufrieden. »Die Menschen an der Golfküste sind mir näher als die Europäer«, setzte er noch einen drauf, »auch wenn wir ein globales Unternehmen sind und auf der ganzen Welt unsere Verbindungen haben. Ihr Schicksal berührt mich, meine Damen und Herren. Auch ich besitze ein Haus an der Golfküste. Ich fahre gern mit meiner Frau aufs Meer hinaus, mein Sohn ist ein begeisterter Taucher und meine Tochter liebt Schildkröten und Delfine über alles. Glauben Sie mir, auch meine Familie leidet unter den Auswirkungen dieses bedauerlichen Unfalls, und ich weiß, wie Ihnen zumute ist. Ich bin kein Politiker, der den Kontakt zur Bevölkerung verloren hat. Ich bin einer von Ihnen. Ich bin in Florida geboren und aufgewachsen, einige meiner Verwandten wohnen hier, ich leide mit den Miami Dolphins, wenn sie die Play-offs verpassen, und ich bin ein Fan von Jimmy Buffett. Hier ist ein Teil meines Zuhauses, hier fühle ich mich wohl, und so soll es auch bleiben.«

»Jetzt trägt er aber ein bisschen zu dick auf«, flüsterte Andy ihr zu. »Die meiste Freizeit verbringt er auf den Golfplätzen in Hawaii und an der Côte d'Azur in Europa. In Florida war er schon seit ein paar Jahren nicht mehr!«

»Die Explosion der Ocean Queen war ein großer Schock für mich«, kam er endlich zur Sache. »Ich hatte Tränen in den Augen, als ich die brennende Bohrinsel im Meer versinken sah und von den beiden Männern hörte, die bei dem Unfall ums Leben kamen.« Er verzichtete darauf, sich eine Träne aus den Augen zu wischen, das wäre dann doch zu viel des Guten gewesen. »Seien Sie versichert, meine Damen und Herren, die Rettungsarbeiten sind im vollen Gange, und wir sind bereits kurz davor, den Ölfluss endgültig zu stoppen. Ich will Sie nicht mit technischen Einzelheiten langweilen und sage Ihnen nur so viel: Wir unternehmen alles Menschenmögliche und scheuen keine Kosten, um die Auswirkungen des Unfalls so gering wie möglich zu halten.«

Er blickte auf sein Manuskript, atmete tief durch und wandte sich mit einem eindringlichen Blick an die Zuhörer: »Ich weiß, welche Wirkung die Fernsehbilder von ölverschmutztem Wasser und sterbenden Tieren auf Sie haben, meine Damen und Herren. Sie haben Angst, das ausgetretene Öl könnte alles Leben im Meer zerstören und Sie um Ihren Job bringen.« Sofort brach ein Tumult los, viele Menschen sprangen auf, einige schüttelten drohend eine Faust. Der Manager ließ die Zwischenrufe geduldig über sich ergehen. »Ich versichere Ihnen«, sagte er mit bedeutungsvoller Stimme. »Sie brauchen keine Angst zu haben! Ich wiederhole: Sie brauchen keine Angst zu haben! Wie Sie vielleicht wissen, haben wir einen Großteil des Öls mit Chemikalien verdünnt, sodass es kaum noch Schaden anrichten kann, und selbst an den Küsten, die mit Öl verschmutzt sind, wird bald wieder klares Wasser fließen. Zahlreiche Wissenschaftler, die übrigens nicht auf unserer Gehaltsliste stehen, haben herausgefunden, dass sich das Meer sehr wohl gegen das Öl zu wehren weiß. Bestimmte Algen sondern einen Wirkstoff ab, der die Ölschlieren innerhalb weniger Monate aus dem Wasser vertreiben wird. Schneller, als Sie denken, wird es an der Küste wieder so sein wie vor der Katastrophe.«

»Und bis dahin sind wir verhungert!«, platzte Rooster Baldwin der Kragen. »Wer bezahlt uns den Schaden, den wir durch Ihr verdammtes Öl haben?«

Das war die Frage, die alle interessierte, und der Manager war darauf vorbereitet: »Ich verspreche Ihnen, meine Damen und Herren, und Sie können mich beim Wort nehmen, dass alle Bewohner, die einen legitimen Anspruch auf ihre Forderungen geltend machen können, von International Oil im vollen Umfang entschädigt werden. Natürlich müssen sie beweisen, dass ihre Ansprüche rechtens sind, dazu haben wir entsprechende Formulare vorbereitet.«

»Und was war in Louisiana?«, rief jemand aus dem Publikum. »Da gab es auch Formulare, aber bekommen haben die wenigsten was. Diese Formulare verteilen Sie doch nur, um die Zahlungen so weit wie möglich rauszuzögern. Und wenn es hart auf hart geht, prozessieren Sie! Sie wissen genau, welche Chancen ein mittleres Unternehmen gegen einen Konzern hat.«

»In Louisiana war ein anderer Konzern verantwortlich«, konterte der Manager. »Wir sind International Oil und halten uns an unsere Abmachungen.«

»Ach ja?«, rief Heck Ramsey aufgebracht. »Und was ist mit den Fischern in Alabama? Die Explosion ist drei Wochen her und die haben noch immer kein Geld! Sie wollen sich drücken, stimmt's? Verteilen Ihre blöden Formulare, um die Sache in die Länge zu ziehen, und wir kleinen Fischer bleiben auf der Strecke, weil wir kein Geld haben, um gegen Sie vor Gericht zu gehen!«

Sein Sohn wollte ebenfalls etwas sagen, wurde von seinem Vater jedoch unsanft zum Schweigen gebracht. Wenn er sich meldete, würde Larimer bestimmt auf den versuchten Anschlag auf die Tankstelle eingehen, und dann wären die Fischer in der Defensive. Sheyna sah, wie Ramsey seinen Sohn am Arm packte und etwas flüsterte. Sie las »Halt's Maul!« von seinen Lippen ab.

Rooster Baldwin schnappte sich das Mikrofon, das wohl einer der Fernsehleute angeschlossen hatte. »Sparen Sie sich Ihre schönen Reden, Mister Larimer! Holen Sie lieber Ihr Scheckbuch raus und zahlen Sie, was wir durch ihr verdammtes Öl verlieren! Ich hab gelesen, Sie verdienen über drei Millionen Dollar im Jahr. Da werden doch ein paar Tausender für uns übrig sein!«

Allgemeines Gelächter.

»Wie gesagt«, rettete sich Larimer in seine Phrase,

»wir werden alle Bewohner, die den legitimen Nachweis erbringen können, durch die Katastrophe einen Verdienstausfall erlitten zu haben, im vollen Umfang entschädigen.«

»Sie lügen! Sie lügen doch!«, rief Ramsey.

»Scheißkerl!«, schimpfte sein Sohn. Er hatte plötzlich eine Tomate in der Hand, warf sie in Richtung Bühne und verfehlte den Manager nur knapp.

Sofort waren einige Polizisten und Sicherheitsleute bei den beiden. Sie drehten ihnen die Arme auf den Rücken und führten sie zum Ausgang. Unter den Buhrufen und Pfiffen des Publikums beförderte man sie aus der Halle. Als Rooster Baldwin einen der Polizisten beschimpfte und drohend eine Faust schwang, warf man ihn ebenfalls aus dem Saal. Die Kameras richteten sich genüsslich auf die Szene. Durch die offene Tür beobachtete Sheyna, wie die Ramseys und Baldwin laut schimpfend und fluchend zum Parkplatz liefen.

Sie suchte nach Emily, konnte sie aber nicht finden, auch Larry McCormick, der sich meistens in der Nähe der Fischer aufhielt, war nicht mehr zu sehen. Anscheinend hatten sie sich rechtzeitig aus dem Staub gemacht. Bei der Gruppe der Fischer postierten sich mehrere Deputys und Polizisten, die Hände an den Schlagstöcken, und sorgten allein durch ihre Anwesenheit dafür, dass sich die Fischer beruhigten. Die laufenden Kameras hielten sie wohl davon ab, schärfer gegen die wütenden Männer vorzugehen. Die Polizisten reagierten nicht einmal, als eine Frau rief: »Von wem werdet ihr bezahlt? Von ihm oder von uns?«

»Ich verstehe Ihren Unmut«, meldete sich Larimer zu Wort. Er hatte das Geschehen ohne jegliche Gefühlsregung verfolgt, lediglich einen kurzen Blick mit Monica Brecard und Randy Wood getauscht und kaum merklich genickt. Was wohl so viel heißen sollte wie: Die beruhigen sich schon wieder.

Ausgerechnet Rosanna Martinez sorgte für den schärfsten Ton in der Auseinandersetzung. Sie ließ sich das Saalmikrofon bringen und sagte: »Rosanna Martinez, Channel 4 News. Mister Larimer! Sie betonen ständig, wie sehr Sie die Katastrophe bedauern, aber ist es nicht wahr, dass die Ölpest mit einem sogenannten Blowout-Preventer hätte verhindert werden können? Einem einfachen und relativ preiswerten Schalter, der den Ölfluss gestoppt hätte? Ist es nicht wahr, dass dieser Notschalter in Europa längst Pflicht ist und Konzerne wie International Oil dieses Gesetz in den USA aus Kostengründen verhindert haben? Haben Sie an der falschen Stelle gespart?«

»Nun«, begann Larimer verstört, »die Lage ist wesentlich komplizierter ...«

»Haben Sie die Sicherheit der Bohrinsel bewusst aufs Spiel gesetzt?«

»Nun ...«, begann er wieder. Er blickte sich nach seiner PR-Chefin um.

»Mister Larimer«, fuhr Rosanna Martinez fort, ohne

sein Gestammel zur Kenntnis zu nehmen, »ich möchte Ihnen eine junge Einheimische vorstellen. Sheyna Kendall studiert Meeresbiologie und ist bei ihren Eltern zu Besuch. Sie besitzen den ›Happy Pelican‹, ein erstklassiges Restaurant, das ebenfalls unter Ihrer Ölpest zu leiden hat. Sheyna möchte Ihnen etwas erzählen, Mister Larimer!«

Sheyna erstarrte und brauchte einige Sekunden, bis sie verinnerlicht hatte, was die Reporterin mit ihr plante. Ihr blieb nichts anderes übrig, als Rosanna Martinez entgegenzugehen und das Mikrofon in die Hand zu nehmen. Die Blicke der vielen hundert Zuschauer richteten sich auf sie, und im Rücken spürte sie die Blicke von Joseph Larimer und auch von Monica Brecard.

»Erzählen Sie von Teresa!«, flüsterte ihr die Reporterin zu.

Sheyna räusperte sich, blickte sich kurz um und begegnete dem unsicheren, beinahe ängstlichen Blick von Monica Brecard. »Mister Larimer«, sprach sie den Ölboss direkt an, »ich wohne seit meiner Kindheit auf den Keys. Seit einem Jahr studiere ich Meeresbiologie in Miami. Meine Hausaufgabe für dieses Wochenende ist, Wasserproben aus dem Meer zu entnehmen und zu analysieren. Das Öl ist hier, Mister Larimer, und es wird Jahrzehnte dauern, bis sich das Leben im Golf wieder erholt hat. Als ich noch auf der Highschool war, bin ich jeden Tag mit Delfinen am Dolphin Reef geschwommen, das liegt gleich vor der Küste. Einen der Delfine habe ich Teresa getauft, ein verspieltes Delfinweibchen, das für sein Leben gern Saltos schlug. Heute Mittag hab ich sie zwischen den Mangroven gefunden. Ihr Körper war mit Öl bedeckt und sie bekam kaum noch Luft. Nur den Angestellten vom Dolphin Research Center ist es zu verdanken, dass sie am Leben blieb.« Sie legte eine kurze Pause ein und sagte dann: »Ich weiß, dass Sie die Katastrophe nicht mehr rückgängig machen können, Mister Larimer. Aber Sie können zukünftige Katastrophen verhindern, indem Sie mehr auf die Sicherheit achten. Investieren Sie mehr und ersetzen Sie den Fischern ihren Verdienstausfall, denn sie haben am meisten unter der Katastrophe zu leiden. Sorgen Sie dafür, dass …«

Weiter kam sie nicht. Eine gewaltige Explosion erschütterte die Halle, und man sah durch die offene Tür, wie der Cadillac des Vorstandsvorsitzenden in die Luft flog. Ein gewaltiger Feuerball tauchte die Nacht vor der Community Hall in gleißendes Licht.

16

Der Bericht über den Anschlag kam bereits in den Spätnachrichten. Nicht nur Sheyna und Andy, auch ihre Eltern und zahlreiche Gäste, vorwiegend Einheimische, starrten wie gebannt auf den großen Bildschirm über dem Tresen, als die Bilder des brennenden Cadillacs über den Sender gingen.

Im Feuerschein stand Rosanna Martinez, die Miene ernst und der dramatischen Nachricht angemessen, und berichtete mit aufgeregter Stimme: »Joseph M. Larimer, der CEO von International Oil, entging heute Abend nur knapp einem Mordanschlag. Kurz vor 21 Uhr, noch während er in der Community Hall von Marathon auf den Florida Keys mit aufgebrachten Einheimischen diskutierte, explodierte ein Sprengsatz in dem Wagen, der ihn nach der Veranstaltung zum Helikopterflughafen zurückbringen sollte. Offensichtlich hatte der bisher unbekannte Täter die Detonationszeit falsch eingestellt. Gleich nach dem Anschlag brachte die Polizei den Manager in einem Streifenwagen zum Helikopter, und Larimer flog zum Flughafen nach Miami und mit seiner Privatmaschine weiter nach London. Dort wird er sich mit einem Tag Verspätung an einer Konferenz über wirtschaftliche Zusammenarbeit beteiligen.«

Zu ihrem Bericht zeigte der Sender Bilder, wie Larimer in einem Streifenwagen mit Warnlicht und Sirene zum Heliport fuhr und sich mit dem Firmenhubschrauber in den abendlichen Himmel erhob. Anschließend erschien Rosanna Martinez wieder selbst im Bild, neben sich Chief Duggan. »Chief Kenneth E. Duggan ist für die Verbrechensbekämpfung in Monroe County verantwortlich. Können Sie uns schon Näheres über das Verbrechen sagen?«

»Nun, für eine genaue Einschätzung des Anschlags ist es noch zu früh«, antwortete der Chief in seiner gewohnt nüchternen Art. Dass sich zwei große Sender für seinen Kommentar interessierten, schien ihn nicht aus der Ruhe zu bringen. »Wir wissen bisher nur, dass um 20 Uhr 58 ein Sprengsatz im Cadillac von Mister Larimer explodierte. Da seine Rückfahrt erst für 22 Uhr geplant war, gehen wir davon aus, dass der Täter die Detonationszeit seines Sprengsatzes falsch berechnet hat und die Bombe zu früh zündete. Zur Tatzeit befand sich niemand in der Nähe des Wagens, und außer einem Deputy, der leichte Verletzungen durch herumfliegende Glassplitter erlitt, kam niemand zu Schaden. Über die Beschaffenheit des Sprengsatzes kann ich noch nichts sagen, die Spurensicherung ist aber zuversichtlich, bald nähere Einzelheiten nennen zu können. Von dem Täter fehlt bisher jede Spur. Einer meiner Deputys beobachtete, wie gleich nach der Explosion ein Mann zum Ufer rannte und mit einem kleinen Boot mit Außenbordmotor davonfuhr, die Suche nach ihm blieb jedoch bisher erfolglos. Mehr kann ich Ihnen leider nicht sagen.«

»Glauben Sie, dass ein Einheimischer hinter dem Anschlag steckt? Ein wütender Fischer vielleicht? Oder glauben Sie an eine Organisation mit gewaltbereitem Hintergrund? Aktivisten aus der Umwelt- oder Terrorszene …«

»Für solche Überlegungen ist es noch zu früh«, antwortete der Chief. »Sie können aber sicher sein, dass wir – zusammen mit der Staatspolizei und vor allem dem FBI – alle Anstrengungen unternehmen werden, um dieses Verbrechen so schnell wie möglich aufzuklären. Ich möchte die Bevölkerung bitten, sich möglichst ruhig zu verhalten und auf Demonstrationen und Aktionen jeglicher Art zu verzichten. Sie würden uns nur in unserer Arbeit behindern.«

Die Kamera schwenkte auf das Gesicht der Reporterin, die ihren Bericht über den Auftritt des Managers anschloss. Dabei ging sie vor allem auf die Zwischenrufe der Ramseys und von Baldwin ein und zeigte natürlich auch, wie sie von den Deputys aus der Halle geführt wurden. Rosanna Martinez kommentierte: »Während der Veranstaltung war Larimer von den örtlichen Fischern rüde attackiert und sogar mit Tomaten beworfen worden. Die Fischer sind die Hauptleidtragenden der Ölpest. Sie haben Angst, es könnte Ihnen genauso ergehen wie ihren Kollegen in Louisiana, die nur zum Teil und erst fünf Monate nach der Katastrophe einen finanziellen Ausgleich erhielten. Die Zahlungen lagen damals weit unter dem tatsächlichen Verlust der Fischer. Auch diesmal hat der Ölkonzern zahlreiche bürokratische Hürden eingebaut.« Wieder das Gesicht der Reporterin. »Ob wütende Anwohner oder eine gewaltbereite Organisation hinter dem Anschlag stecken und ob es sich bei der Explosion um eine Warnung oder einen fehlgeschlagenen Mordversuch handelt, versuchen das Büro des örtlichen Sheriffs und die Staatspolizei in Zusammenarbeit mit dem FBI zu klären. Wir halten Sie über die Entwicklung auf dem Laufenden. Rosanna Martinez, Channel 4 News in Miami/Fort Lauderdale, Florida, live von den Florida Keys.«

Die Reporterin verschwand vom Bildschirm, und zwei junge Damen unterhielten sich über die Vorzüge eines zuckerarmen Joghurts. Grund genug für Bobby Kendall, den Ton wieder leiser zu drehen und in die Küche zurückzukehren. Nach der Katastrophe waren mehr Leute als sonst in den »Happy Pelican« gekommen, auch um während und nach den Nachrichten miteinander diskutieren zu können, und er hatte viel zu tun. Jetzt brachte ihm die Katastrophe doch noch Umsatz. Sheyna und ihre Mutter halfen der Bedienung, und Andy half als Barkeeper hinter dem Tresen aus. Während der Semesterferien hatte er schon einmal in einer Bar gearbeitet und kannte sich einigermaßen aus.

»Wer immer es war, wollte ihn vielleicht gar nicht umbringen«, überlegte einer der Fischer mit einem Bierglas in der Hand, »er wollte ihm bestimmt nur einen Schreck einjagen. Ein bisschen Wirbel machen, damit die Leute auf uns aufmerksam werden. Das war nur Feuerwerk für Channel 4 und CNN.«

»Und deswegen zündet er eine Bombe?«, widersprach ein anderer. »Glaub ich nicht. Wenn sie ihn erwischen, wandert er in den Knast, auch wenn es nur als Warnung gedacht war. So was riskiert keiner …« Er blickte den Mann mit dem Bierglas aus großen Augen an. »He, sag bloß, du hast was damit zu tun?«

»Blödsinn! Ich stand direkt neben dir, als es gekracht hat. Schon vergessen?«

»Das waren bestimmt dieses Ramseys«, meldete sich ein dritter Fischer, einer der Veteranen. »Die waren schon den ganzen Abend auf hundertachtzig. Heck wäre am liebsten auf die Bühne gestürmt und hätte den Ölfritzen erwürgt, und Johnny … na, ihr habt ja selbst gesehen, was der gemacht hat.«

Die meisten Männer lachten.

»Wo stecken die beiden überhaupt? Sag bloß, die haben sie aufs Revier mitgenommen und eingesperrt? Rooster ist auch nicht hier. Oder haben sie plötzlich kalte Füße bekommen? Erst eine dicke Lippe riskieren und dann kneifen.«

»Sei froh«, sagte jemand, »die Idioten erreichen doch nur das Gegenteil mit ihrer Krakeelerei. Oder kam das vielleicht gut rüber in den Nachrichten? Wenn die Leute so was sehen, sagen sie, diese Fischer sind doch sowieso alle Rabauken, die brauchen keine Kohle, und wenn uns die Ölfritzen dann nichts zahlen, regt sich kein Mensch mehr auf. Die lassen uns verhungern.«

»Joe hat recht«, meldete sich ein jüngerer Fischer, »mit Gewalt kommen wir nicht weiter. Heutzutage werden solche Kriege über die Medien ausgefochten. Wenn wir das Fernsehen und die Presse nicht auf unserer Seite haben, können wir gleich einpacken. Nur über die Medien kriegen wir die Leute dazu, uns zu helfen. International Oil muss in E-Mails und Postings ersticken!«

»Ich glaub nicht, dass es die Ramseys waren«, sagte jemand. »Die können die Fenster einer Tankstelle einwerfen und mit Tomaten herumballern, aber eine Bombe bauen und in den Escalade schmuggeln … nee, das traue ich ihnen nicht zu. Und Rooster Baldwin … der hätte sich bestimmt erwischen lassen.«

»Vielleicht war's ja Greenpeace«, sagte der Mann, der zuerst gesprochen hatte, »die sind immer für so was gut. Die wollten Larimer sicher nicht umbringen, aber fürs Fernsehen macht sich so 'ne Show immer gut. Die haben schon Öltanker geentert und auf Walfänger geschossen. Oder dieser andere Verein … Robin Wood oder wie die heißen. Die gehen sogar auf uns los, weil wir zu viele Makrelen aus dem Meer holen. Vielleicht waren es die …«

»Habt ihr die Umwelttante gesehen? Die mit den schwarzen Klamotten und dem Foto um den Hals? Ich wette, die hat die verdammte Bombe gelegt!«

Die Tür ging auf und ein Mann und eine Frau betraten das Restaurant. Er war um die vierzig und trug Anzug und Krawatte, sie war etwas jünger und sah in ihrem Hosenanzug ebenfalls sehr gediegen aus. Natürlich glaubten die meisten Gäste, International Oil hätte Verstärkung geschickt, um die aufgebrachten Gemüter zu beruhigen, doch als Sheyna auf sie zuging, zogen sie Ausweise mit den Buchstaben FBI hervor, und der Mann sagte: »Special Agents Mike Reynolds und Rose Cardoza vom FBI. Sie sind Sheyna Kendall?«

»Woher wissen Sie das?«, fragte sie erstaunt.

»Wir haben uns die Fernsehberichte angesehen«, erwiderte der Agent. »Können wir irgendwo ungestört sprechen? Wir haben einige Fragen an Sie.«

»Natürlich ... im Nebenzimmer. Möchten Sie was trinken?«

»Einen Kaffee vielleicht«, antwortete Reynolds für beide.

Sheyna führte die beiden in das Nebenzimmer, das sonst für Familienfeiern und Tagungen reserviert war, und holte zwei Becher Kaffee aus der Küche. »Zwei Typen vom FBI«, flüsterte sie ihren Eltern zu. »Sie haben mich im Fernsehen gesehen und wollen mich ausfragen. Denken wahrscheinlich, ich kenne den Täter, weil ich überall meine Nase drinhatte.« Sie kehrte mit den Bechern in das Nebenzimmer zurück, warf Andy im Vorbeigehen einen zuversichtlichen Blick zu. Kein Grund zur Sorge, wollte sie ihm signalisieren.

Die Agents sahen lange nicht so gut aus wie ihre Kollegen im Fernsehen und hatten auch nicht deren coole Sprüche drauf, sie verhielten sich eher nüchtern und waren ganz auf ihre Fragen konzentriert. »Wir wissen, dass Sie in der Halle waren, als die Explosion stattfand«, kam Agent Reynolds gleich zur Sache. »Haben Sie eine Ahnung, wer die Tat begangen haben könnte?«

Sheyna saß den Agents gegenüber. »Ich hab nichts gesehen.«

»Von Miss Martinez wissen wir, dass Sie sich im Hafen aufhielten, als Heck Ramsey, sein Sohn Johnny, Rooster ...«, er klappte seinen Notizblock auf, »... Rooster Baldwin und Larry McCormick auf die Ölleute schimpften und sogar Drohungen ausstießen. Und als Johnny Ramsey und sein Freund die Tankstelle abfackeln wollten, waren Sie ebenfalls zur Stelle und konnten den Anschlag sogar verhindern.« Er gestattete sich ein Grinsen. »Das hätten wir nicht besser machen können. Sie kennen die Leute hier recht gut, nicht wahr?«

»Ich bin hier aufgewachsen, Agent Reynolds. Aber im Hafen war ich bestimmt nicht, um die Fischer zu belauschen, und dass ich Johnny und seinen Freund daran hindern konnte, die Tankstelle anzuzünden, war eher Zufall. Rosanna Martinez will mich als Hauptdarstellerin in ihren Berichten haben, warum auch immer, deshalb sieht es wohl so aus, als würde ich überall meine Nase reinstecken. Eigentlich bin ich nur bei meinen Eltern zu Besuch.«

»... und um Ihre Hausaufgaben zu machen«, ergänzte die Agentin. »Könnten Sie sich vorstellen, dass einer der Fischer die Bombe gelegt hat? Hat einer von ihnen angedeutet, etwas gegen den Manager von International Oil unternehmen zu wollen, mit Gewalt gegen ihn vorgehen zu wollen? In dem Bericht von Channel 4 war doch sicher nicht alles zu hören, was die Fischer gesagt haben, oder?«

Sheyna überlegte eine Weile. »Nein, aber das war, kurz nachdem Heck Ramsey die toten Delfine gesehen hatte. War doch klar, dass er und die anderen wütend waren. Da sagt man schon mal Dinge, die man nicht so meint. Ich hab auch auf International Oil geschimpft. Alle, die hier wohnen, haben ihnen die Pest an den Hals gewünscht, aber das heißt doch nicht, dass sie so eine Drohung wahr machen würden. Sicher ... Heck Ramsey ist ein aufbrausender Typ, der dreht schon mal durch, wenn ihm was nicht passt. Und sein Sohn ... Wenn Sie den Bericht gesehen haben, wissen Sie ja, dass er mit Tomaten geworfen hat. Aber eine Bombe in einem Cadillac zünden, dazu wäre Johnny, ehrlich gesagt, viel zu dumm. Der weiß gerade mal, wie ein Außenborder funktioniert.«

»Dann schließen Sie die beiden als Täter aus?«

»Keine Ahnung, ich bin kein Cop.«

»Und Rooster Baldwin?«, fragte Agent Reynolds.

»Ein Großmaul wie Ramsey. Der reißt immer seinen Mund auf, wenn es was zu beanstanden gibt. Aber im Grunde ist er harmlos. Kein Bombenleger. Ich kenne den Mann, ich war mal mit seiner Tochter befreundet. Emily.«

Agent Reynolds studierte seinen Notizblock. »Was ist mit dem anderen Fischer, der bei dem Streit zu sehen war? Larry McCormick heißt er wohl ...«

»Ein gutmütiger Mann«, antwortete sie. »Kam erst vor ein paar Jahren auf die Keys und fährt mit Touristen zum Fischen raus. Manchmal ein bisschen wortkarg und grimmig, aber der würde keiner Fliege was zuleide tun.«

»Was ist mit dieser Umweltschützerin?« Wieder ein Blick auf seinen Notizblock. »Daphne Corant? Die haben Sie auch getroffen, hab ich gehört.«

»Das stimmt, bei den Mangroven draußen, eine knappe Meile vor der Küste zwischen den Inseln. Sie fotografiert für die Zeitschrift des Sierra Clubs.«

»Hat sie irgendwas gesagt, was wir wissen müssten?«

Sheyna zuckte die Achseln. »Sie hat geschimpft und angekündigt, dramatische Fotos von verendeten Tieren in der Zeitschrift zu veröffentlichen. Ich hab sie nur kurz gesprochen. Hören Sie, ich weiß wirklich nicht, was ich …«

»Schon gut, Miss Kendall«, bedankte sich der Agent, »wir wollten nur Ihre Meinung hören. Rufen Sie uns an, falls Ihnen noch etwas einfällt.« Er gab ihr seine Karte und erhob sich. »Wir finden allein raus, danke für den Kaffee.«

Sheyna brachte sie dennoch zur Tür und wartete, bis sie in ihren Wagen gestiegen und auf den Highway gefahren waren. Sie wollte gerade ins Lokal zurückkehren, als sie den Wagen von Monica Brecard und Randy Wood auf den Parkplatz biegen sah. Nur die PR-Managerin stieg aus. Sie hatte ihr Kostüm gegen bequeme

Jeans und ein Sweatshirt ausgetauscht und sah so anders aus, dass Sheyna sie erst erkannte, als sie nur noch wenige Schritte entfernt war.

»Sheyna!«, begrüßte sie Monica Brecard. »Das war sehr mutig von Ihnen. Ich meine, wie Sie in der Community Hall aufgestanden sind und unserem CEO Kontra gegeben haben. Das hätte nicht jeder vor den Kameras gewagt.«

»Mir blieb doch gar nichts anderes übrig.«

»Und Sie hatten gar keine Angst?«

»Ich habe nur gesagt, was ich denke.« Sheyna wunderte sich, dass die Frau keine Anstalten machte, ins Lokal zu gehen, und fuhr fort: »Sind Sie nur gekommen, um mich für meinen angeblichen Mut zu loben? Ich hoffe doch, Sie haben noch etwas Hunger mitgebracht nach der Aufregung heute Abend.«

»Eigentlich wollte ich nur mit Ihnen sprechen«, räumte Monica Brecard ein. »Haben Sie etwas Zeit? Kommen Sie, wir gehen ein bisschen spazieren.«

Sheyna ließ sich darauf ein und folgte der PR-Managerin auf den schmalen Pfad, der am Ufer entlangführte. Westlich von ihnen erstreckte sich das Meer bis zum Horizont und versank dort in tiefer Dunkelheit. Nur die Lichter einiger Schiffe waren in der Ferne zu sehen. In Ufernähe spiegelten sich die Lichter des Restaurants im Wasser. Einige Boote schaukelten auf den Wellen.

»Inter Mailand hat gewonnen«, sagte Monica Brecard.

Sheyna blickte sie verwundert an.

»Gegen den AS Rom. Lúcio hat ein Tor geschossen.«

»Und das wollten Sie mir sagen?«

»Nein, das fiel mir nur gerade so ein. Ein Freund aus Brasilien, mit dem ich vorhin telefoniert habe, hat's mir gesagt. Bei Ihnen wollte ich mich entschuldigen … dafür, dass ich in den vergangenen Tagen die PR-Zicke rausgekehrt habe. Ich hätte freundlicher zu Ihnen und vor allem zu den Fischern sein können.«

Sheyna verlangsamte ihre Schritte. »Sie sind bei International Oil angestellt. Was hätten Sie denn anderes sagen sollen? Dass Ihr Konzern an allem schuld ist und Sie Mitleid mit den Fischern haben? Dass Sie dafür sorgen werden, dass es nicht bei leeren Versprechungen bleibt und der Konzern die Zahlungen tatsächlich zügig abwickelt?«

»So ähnlich«, erwiderte die PR-Frau. »Ich weiß, dass in unserem Geschäft alles schöngeredet und verfälscht wird, aber manchmal sollten wir ehrlicher sein. Auch in einem Konzern wie International Oil. Vielleicht wäre es dann gar nicht zu dem Anschlag gekommen.« Sie blieb stehen und blickte auf das Meer hinaus. »Wussten Sie, dass ich früher mal Journalistin werden wollte? Für die *Washington Post*, die *New York Times* oder eines der anderen angesehenen Blätter wollte ich arbeiten. Oder für CNN. Leider brauchten die niemand wie mich. Also hängte ich noch ein Aufbaustudium dran und landete bei der Öffentlichkeitsarbeit.«

»Und warum ausgerechnet bei einem Ölkonzern?«

»Weil mich ein Headhunter abwarb und mir der Konzern eine Menge Geld bot. Ich war vorher bei einem Hundefutterhersteller und fiel den Leuten auf, als irgendjemand herausgefunden haben wollte, dass wir Rattenfleisch unter das Futter mischen. ›Wer so einen Skandal aus der Welt schafft, ist wie geschaffen dafür, bei einem Ölmulti zu arbeiten‹, sagte Mister Larimer damals.«

»Und? War Rattenfleisch in dem Hundefutter?«

»Unter anderem«, antwortete Monica Brecard. »Sie haben mir die Augen geöffnet, Sheyna. Ich weiß, ich sollte hier nicht herumjammern und die Märtyrerin spielen, aber es stimmt wirklich. Sie haben mich an die Idealistin erinnert, die ich selbst einmal war. Die unerschrockene Journalistin, die ich immer sein wollte. Aber den eigentlichen Anstoß … den hat mir Teresa gegeben.«

»Teresa? Meine Delfinfreundin?«

Monica Brecard nickte. »Ihr Anblick hat mir klargemacht, dass es noch etwas Wichtigeres als Profit gibt.« Sie blickte Sheyna an und lächelte schwach. »Klingt wie die einstudierte Beichte einer Sünderin, die mit ihrem Geständnis ins Fernsehen will, nicht wahr? Aber ich tauge nicht zur Heldin, wirklich nicht. Ich wollte Ihnen nur sagen, dass Sie sich nicht umsonst engagiert haben. Ich werde kündigen und zur Zeitung gehen. Es muss ja nicht gleich die *New York Times* sein. Und wenn Sie einem Menschen etwas davon sagen, setzt es was, haben Sie mich verstanden?« Ihr Lächeln verstärkte sich und sie fügte hinzu: »Jetzt könnte ich doch ein paar Spaghetti vertragen, mit vielen Shrimps.«

17

Sheyna erzählte keinem etwas von ihrer Unterhaltung, nicht einmal Andy. Niemand hatte sie am vergangenen Abend mit der PR-Managerin gesehen und niemand brauchte zu wissen, zu welcher Entscheidung sich Monica Brecard durchgerungen hatte. Nur wenige Tage später würde Sheyna eine kleine Notiz über ihre Kündigung in der Zeitung lesen, kein böses Wort über ihren ehemaligen Arbeitgeber, wie es wahrscheinlich in ihrem Vertrag stand, nur die schlichte Ankündigung, dass sie als Reporterin beim *Miami Herald* anfangen und diesen Posten keineswegs als Abstieg werten würde, ganz im Gegenteil.

Ihr Geständnis war wohl auch mitverantwortlich für Sheynas gute Laune am nächsten Morgen. Sie fand es toll, dass die PR-Frau mit ihr gesprochen und sich sogar bei ihr entschuldigt hatte. Das kam in ihrer Branche bestimmt nur alle Jubeljahre mal vor. Der Hauptgrund für ihr fröhliches Lachen war jedoch Andy, der schon vor dem Frühstück vorbeikam und ihr Angebot, das leckere Omelett mit Käse, Tomaten und Pilzen mit ihm zu teilen, hocherfreut annahm. Dazu gab es Milchkaffee mit einem Schuss Karamellaroma … wie bei Starbucks.

»Und du willst morgen wirklich nach Miami zurück?«, fragte er, nachdem sie das schmutzige Geschirr in die Küche gebracht und abgespült hatten. »Warum hängst du nicht ein paar Tage dran? Das würde Teresa und Nicole gefallen und mir, ehrlich gesagt, auch. Ich werde dich vermissen, Sheyna.«

»Ich dich auch, Andy. Sogar sehr.« Sie blickte ihn dabei nicht an. »Aber wenn ich nicht fahre, krieg ich eine schlechte Note und das ganze Semester war für die Katz. In zwei Wochen komme ich wieder … ganz bestimmt.«

»Und nächstes Wochenende?«

»Haben wir ein wichtiges Spiel gegen Fort Lauderdale«, erklärte sie mit schuldbewusstem Lächeln. Sie berührte das frisch gewaschene Inter-Mailand-Trikot, das über ihre Shorts hing. »Wenn wir das vergeigen, können wir einpacken.«

Sie stiegen in den Geländewagen des Dolphin Research Centers und fuhren vom Parkplatz. Andy blickte angestrengt auf die Straße. Die Aussicht, während der nächsten Tage auf Sheyna verzichten zu müssen, schien ihm mehr auszumachen als ihr. »Vielleicht hab ich am Samstag frei, dann könnte ich dich besuchen kommen«, hoffte er. »Ich war noch nie bei einem Fußballspiel. Du müsstest mir natürlich die Regeln erklären, sonst jubele ich an der falschen Stelle. Ich bin schon froh, dass ich beim Football einigermaßen mitkomme.«

»Fußball ist spannender. Ich besorge dir ein Fähnchen zum Jubeln und verrate dir vorher, in welches Tor der Ball muss, okay?« Sie hielt sich mit beiden Händen fest, als er auf den Highway bog. »Und nach dem Spiel gehen wir mit den anderen an den Strand, aber nur, wenn wir gewinnen. Dann wird gefeiert. Zum Spiel kommen immer nur wenige Freunde, aber zum Feiern sind sie alle da.«

»Ich komme zum Spiel.«

Sie lächelte ihn an, als gäbe es keine schönere Liebeserklärung, und für einen Augenblick fanden sich ihre Hände. Er drückte sie und wollte etwas sagen, ließ es dann aber und konzentrierte sich wieder auf die Straße. Die Sonne flimmerte zwischen den Palmen an der Küste und den Häusern hindurch.

»Hey, das hätte ich beinahe vergessen«, sagte Andy plötzlich, »heute kommt der Präsident. Hast du das gewusst? Der Präsident kommt auf die Keys, um sich persönlich vom Ausmaß der Katastrophe zu überzeugen.«

»Der Präsident der Vereinigten Staaten?«

»Kam vorhin in den Nachrichten. Der Präsident sei entsetzt über die dramatischen Auswirkungen der Ölpest und betrachte es als seine Pflicht, die betroffenen Gebiete auf den Florida Keys zu besuchen. Du weißt ja, wie so was abläuft. Er kommt mit dem Hubschrauber, schüttelt ein paar Leuten die Hände, lässt sich einen ölverschmierten Pelikan zeigen und versichert vor laufenden Kameras, die Regierung würde alles tun, um den betroffenen Bürgern zu ihrem Recht zu verhelfen. Das hat er schon in Louisiana gesagt. Fünf Minuten später verschwindet er und hier bleibt alles beim Alten.«

»Und der Platz, wo er landet, wird so großzügig abgesperrt, dass die betroffenen Fischer gar nicht an ihn rankommen. Mich wundert, dass er nach dem, was gestern Abend passiert ist, überhaupt kommt. Wenn es der Täter nun auch auf ihn abgesehen hat? Wenn er den Präsidenten umbringen will?«

»Das war kein Terrorist«, glaubte Andy zu wissen, »das war einer der Fischer. Die haben nichts gegen den Präsidenten. Was meinst du, warum das FBI hier ist? Ich glaube, die wissen inzwischen, wer dafür verantwortlich ist.«

»Meinst du wirklich?«

»Sonst würde der Präsident nicht kommen.«

Sie hatten das Dolphin Research Center erreicht und parkten vor dem Gebäude. Auch an diesem Morgen stieg die Sonne an einem strahlend blauen Himmel empor, nur der Wind war etwas stärker und rauschte in den Palmen.

Als sie das Center durch den Personaleingang betraten, schallten die Sirenen mehrerer Streifenwagen vom Highway herüber. »Das wird heute den ganzen Tag so gehen«, sagte Andy. »Die werden sogar die Brücke sperren.«

»Hey«, begrüßte sie Jennifer. »ihr kommt gerade richtig. Teresa ist schon fast wieder die Alte. Der Doc hat sie gerade untersucht und keine Ölrückstände mehr gefunden. Wir behalten sie aber trotzdem hier. Die Gefahr, dass sie wieder in die Ölschlieren gerät, ist viel zu groß. Bei uns ist das Wasser sauber.« Sie gingen zu dem abgetrennten Becken, in dem sich das Delfinweibchen erholte. »Außerdem hab ich den Eindruck, dass sie gar nicht zurückwill. Seht sie euch an, so fröhlich ist nicht mal Alex, und der ist unsere Stimmungskanone.«

Sheyna und Andy traten an den Beckenrand und entdeckten die Rückenflosse des Delfins auf der anderen Seite. Teresa schoss übermütig wie eine Teenagerin durch das Wasser, drehte sich dabei mehrmals um die eigene Achse und hielt ihren hellen Bauch der Sonne entgegen. Nach einer Weile tauchte sie prustend aus dem Wasser, schöpfte neue Luft und tauchte erneut unter. Als sie Sheyna entdeckte, schwamm sie zügig an den Beckenrand und schob ihre Schnauze so plötzlich aus dem Wasser, dass es nach allen Seiten spritzte. Mit leicht geöffnetem Maul begrüßte sie ihre Freundin lächelnd.

»Hey, Teresa!«, hieß Sheyna die Delfindame willkommen. »So munter hab ich dich lange nicht mehr gesehen. Dir gefällt es bei Jennifer, stimmt's?«

Teresa nickte mehrmals, ob absichtlich oder nur, um die blendende Sonne aus ihren Augen zu vertreiben, konnte Sheyna nicht erkennen. Gleich darauf ließ sie sich ins Wasser zurückgleiten und schwamm los, wurde dabei immer schneller und bewegte sich mit einem langen Anlauf auf die Beckenmitte zu.

»Sie versucht einen Salto«, ahnte Andy. »Pass auf!«

Mit urwüchsiger Eleganz schraubte sich Teresa aus dem Wasser. Ihr stromlinienförmiger Körper glänzte im Sonnenlicht, das Wasser auf ihrer Haut funkelte wie flüssiges Silber. Sie blieb für einen winzigen Augenblick in der Luft stehen, schlug einen eleganten Salto und tauchte ohne einen Spritzer wie eine erfahrene Turmspringerin ins Wasser zurück. Unter dem begeisterten Beifall von Sheyna, Andy und Jennifer schwamm sie eine Ehrenrunde.

Sheyna schnappte sich den Eimer mit den toten Fischen und warf ihrer Delfinfreundin die Belohnung zu, als sie an den Beckenrand geschwommen kam und ihr weit geöffnetes Maul aus dem Wasser streckte. Zufrieden tauchte sie unter. Und weil der Fisch anscheinend besonders gut schmeckte, setzte sie zu einem erneuten Spurt an, diesmal etwas länger und noch schneller, schoss aus dem Wasser und wirbelte mit einem doppelten Salto durch die Luft. Diesmal spritzte das Wasser beim Eintauchen nach allen Seiten. Wieder klatschten Sheyna, Andy und Jennifer laut Beifall, und Sheyna hielt schon den leckeren Fisch bereit, als sich Teresa am Beckenrand feiern ließ. »Hey, Teresa! Du bist ja in Topform! So elegant schafft das kein anderer Delfin im Center!« Sie tauchte ihre Hände in das Salzwasser und wischte sich den Schleim von den Fingern. »Mit der Nummer würdest du sogar Shamu in SeaWorld schlagen!«

»Aber nur, weil wir sie nicht dazu zwingen«, erklärte Jennifer. »Shamu muss alle paar Stunden ran, ob er will oder nicht, und wenn er's nicht mehr schafft, schiebt man ihn aufs Abstellgleis und ein anderer tritt unter seinem Namen an. Ich hab nichts gegen SeaWorld, sie geben viel Geld für die Forschung aus und tun alles für ihre Killerwale und Delfine, aber so gut wie bei uns haben es die Tiere nicht. Hier dürfen sie tun und lassen, was sie wollen, und wir Trainer fördern nur ihren Spieltrieb. Wenn Teresa keine Lust mehr hat, kann sie sich auf den Rücken legen und faul im Wasser treiben lassen.«

Aber dazu war Teresa nicht der Typ. Als hätte sie der doppelte Salto erst auf den Geschmack gebracht, nahm sie noch einmal Anlauf und krönte ihren sportlichen Morgen mit einem weiteren Salto, der noch flüssiger und eleganter als der erste ausfiel. Wieder bekam sie den Fisch als verdiente Belohnung.

»Es gefällt ihr bei uns«, freute sich Jennifer, »das haben wir nur dir zu verdanken, Sheyna. Du hast ihr neuen Lebensmut gegeben. Wie wäre es, wenn du noch zwei oder drei Wochen dranhängst oder gleich bei uns anfängst?«

»Das würde ich gerne«, sagte Sheyna. Ihr Lächeln galt Andy. »Aber ich hab noch ein paar Semester. Zuerst muss ich das Studium abschließen. Als Meeresbiologin kann ich euch sicher mehr helfen. In zwei Wochen bin ich wieder hier, dann besuche ich Teresa und spiele einen Nachmittag mit ihr.«

»Das ist doch ein Wort«, meldete sich Mary Conolly aus dem Hintergrund. Die Leiterin des Centers war aus dem Bürogebäude getreten und hatte der Vorstellung schon eine ganze Weile zugesehen. »Wir zahlen nicht besonders, aber ein paar Extradollars können einer Studentin doch nicht schaden, oder?«

»Ich würde es auch umsonst tun, Ma'am.«

Mary Conolly lachte. »Sagen Sie das nie, Sheyna! Andererseits beweist dieser Satz, wie gern Sie Ihre Arbeit machen.« Sie kam näher. »Aber ich bin nicht hier, um Ihnen Honig um den Mund zu schmieren. Ich hab etwas viel Aufregenderes. Der Präsident kommt! Der Präsident der Vereinigten Staaten!«

»Das wissen wir schon, Mary«, sagte Andy. »Kam in den Nachrichten.«

»Auch, dass er uns besuchen wird?«

»Uns?«, staunte Andy. »Sie meinen, er kommt hierher?«

»Zu uns ins Center?«, staunte auch Jennifer.

Die Leiterin nickte stolz. »Und ob Sie's glauben oder nicht, er wird in zwei Stunden hier sein. Das haben wir Rosanna Martinez zu verdanken. Sie hat ihm wohl eingeredet, dass ihn die Bilder aus unserem Center in einem positiven Licht erscheinen lassen, besonders wenn er sich mit der kleinen Nicole zeigt.«

»Alles nur Show!«, lästerte Andy.

»Aber wir können ihn dazu bringen, sich wirklich für uns zu interessieren«, sagte Sheyna. »Wenn ich ihm erzähle, wie schlimm Teresa dran war, als wir sie gefunden haben, merkt er vielleicht, dass etwas getan werden muss.«

»Dein Wort in Gottes Ohr«, erwiderte Andy.

Viel Zeit blieb den Angestellten des Dolphin Research Centers nicht mehr. Obwohl das Gelände blitzsauber war, trieb Mary Conolly ihre Mannschaft lautstark dazu an, noch einmal mit der Kehrmaschine und dem Besen zwischen den Becken durchzugehen und die gesamte Einrichtung auf Hochglanz zu bringen. Andy hielt sie an, mehrere Eimer mit Fischen am Beckenrand bereitzustellen.

Während Sheyna bei Teresa blieb und sich mit ihr unterhielt, auch ohne dass sie verstand, was die Pfeiflaute des Delfins bedeuteten, stieg Jennifer zu Alex ins Becken und spielte mit ihm, bis Rosanna Martinez mit ihrem Team erschien. Die Reporterin war ganz in ihrem Element und sprach eindringlich mit Mary Conolly und der PR-Leiterin des Centers. Wahrscheinlich erklärte sie ihnen, wie sie sich verhalten mussten, falls der Präsident sie etwas fragte. Ihren Kameramann und den Tonmann wies sie an, vor dem Becken von Alex in Stellung zu gehen. »Haltet auf den Präsidenten, wenn er das Center betritt. Die Begrüßung als Close-up, dann Schnitt und weiter, wenn er ans Becken tritt und mit Nicole und seiner Mutter spricht. Wo stecken die beiden? Allie?«

»Wir sind hier«, kam eine schüchterne Stimme aus dem Halbdunkel des überdachten Eingangs. Allie Green schob ihre Tochter im Rollstuhl nach vorn und blieb unsicher stehen. Nicole bewegte sich kaum und verzog keine Miene. »Glauben Sie wirklich, der Präsident interessiert sich für meine Nicole?«

»Natürlich«, erwiderte die Reporterin mit ihrem Fernsehlächeln, dachte aber schon im nächsten Moment an etwas anderes. »Sheyna! Wo ist Sheyna?«

Sheyna ging mit gemischten Gefühlen zu ihr hinüber. Sie hielt nicht besonders viel von dem Rummel, wusste aber auch, wie wichtig der Besuch des Präsidenten für das Dolphin Research Center, für Nicole und ihre Mutter und auch für die vielen Betroffenen sein konnte, die unter der Ölpest litten. Je mehr die Reporterin auf die Tränendrüse drückte, umso besser waren die Aussichten auf einen finanziellen Ausgleich für die Fischer und neue Gesetze, die dafür sorgen würden, dass die Ölkonzerne sich nicht alles erlauben konnten.

»Sheyna, da sind Sie ja!«, rief Rosanna Martinez. Sie war ganz in ihrem Element, wahrscheinlich hoffte sie, mit diesem Bericht zu TV-Größen wie Barbara Walters und Oprah Winfrey aufschließen zu können. »Sie knien am besten am Beckenrand, wenn der Präsident kommt. Jennifer und die Therapeutin sind mit Allie und Nicole im Wasser.« Sie drehte sich zu Allie um. »Gehen Sie mit dem Mädchen ins Wasser. Tun Sie so, als würde Sie der ganze Rummel nichts angehen, dann kommen Sie am besten rüber. Sie sind doch okay?«

»Ein bisschen aufgeregt bin ich schon«, sagte sie. »Und Nicole ...«

»Nicole packt das!«, ermutigte sie die Reporterin. Sie blickte auf die Uhr. »Okay, Leute! Wir erwarten den Präsidenten in fünf Minuten. Alles bereit?«

Ihr Kameramann und ihr Tonmann hielten beide den ausgestreckten Daumen nach oben, das Zeichen dafür, dass sie einsatzbereit waren. Auch das Fernsehteam war aufgeregt. Sie hatten schon mit weltbekannten Schauspielern und Sportlern gedreht, aber der Präsident war auch für sie etwas Besonderes.

Sheyna sah lächelnd zu, wie Allie ihre Tochter ins Wasser trug und von Alex beinahe freundschaftlich begrüßt wurde. Ein weiterer Beweis dafür, dass Delfine eine persönliche Beziehung aufbauen konnten. Der Delfin freute sich, seine kleine Freundin wiederzusehen, und auch Nicole schien zu lächeln.

»Der Präsident kommt!«, rief jemand vom Eingang her. Auch ohne seine Ankündigung hätte man das im Dolphin Research Center gewusst. Ein halbes Dutzend Streifenwagen mit flackernden Warnlichtern und heulenden Sirenen begleitete den Präsidenten, dazu kamen zwei schwarze SUVs mit den Secret-Service-Leuten, diskret gekleidete Männer und Frauen, die ihn auf

Schritt und Tritt bewachten und auch auf dem Gelände nicht von seiner Seite wichen.

»Willkommen im Dolphin Research Center!«, begrüßte Mary Conolly den Präsidenten. Er wirkte etwas kleiner als im Fernsehen und gab sich sichtbar Mühe, nach dem Ausflug an die verseuchte Küste und dem Anblick der ölverschmierten Vögel nicht zu gestresst zu wirken. »Wir freuen uns, dass Sie sich Zeit für uns nehmen, Mister President.«

Nach der Begrüßung übernahm Rosanna Martinez das Kommando. Selbst die PR-Dame des Weißen Hauses, die immer dicht beim Präsidenten blieb, war der resoluten Reporterin nicht gewachsen. »Mister President«, begann sie, »inmitten des verschmutzten Meeres gibt es eine kleine Oase der Glückseligkeit, das Dolphin Research Center. Die Angestellten betreuen notleidende Delfine. Sie helfen ihnen, gesund zu werden, und fördern ihre Talente. Die Delfine revanchieren sich, indem sie Kindern wie der kleinen Nicole helfen, wieder auf die Beine zu kommen.« In ein paar kurzen Sätzen und mit einem Statement der Therapeutin vom Beckenrand skizzierte sie die Delfintherapie und führte ihn dabei zu dem Becken mit Nicole und ihrem Delfin.

Staunend beobachtete der Präsident, wie sich Nicole von Alex durch das Wasser ziehen ließ und dabei ein schüchternes Lächeln zeigte, das ihrer Mutter die Tränen in die Augen trieb. Selbst die Männer vom Secret Service waren gerührt von der Darbietung. »Delfine bringen die Kinder dazu, über ihre Grenzen zu gehen und sich wieder mit ihrem eigenen Körper zu beschäftigen«, erklärte Karen Robards. »Sehen Sie? Ihre Aufmerksamkeit gilt nur dem Delfin. Nicht mal für den Präsidenten hat sie Zeit.« Wie zur Bestätigung streckte Nicole eine Hand nach Alex aus, berührte ihn an der weißen Bauchseite und sagte: »Alex! Alex!« Es klang nicht besonders deutlich und war vielleicht nur ein Brabbeln, aber sie öffnete zumindest den Mund. Ihrer Mutter gelang es längst nicht mehr, ihre Gefühle zu kontrollieren, sie war so gerührt, dass sie wie ein Schulmädchen weinte, ein Anblick, der einer Reporterin, die auf Sensationen und große Emotionen aus war, hervorragend ins Konzept passte.

Der Präsident kniete nieder und begrüßte Nicole und ihre Mutter, berührte auch die Haut des Delfins und zeigte sich angenehm überrascht. Er stellte Jennifer und der Therapeutin einige kurze Fragen, die sie ebenso knapp beantworteten, und ließ sich bereitwillig mit Alex, Nicole und ihrer Mutter filmen und fotografieren. Alex benahm sich wie ein Profi und lächelte dabei.

Erst als der Präsident aufstand, schien er auf Sheyna aufmerksam zu werden. »Sie sind Sheyna, nicht wahr? Ich habe Sie im Fernsehen gesehen. Sie sind mutig, Sheyna. Ist Ihre Delfinfreundin auch hier? Wie heißt sie noch?«

»Teresa«, antwortete Sheyna überrascht.

»Teresa, richtig. Darf ich auch sie begrüßen?«

Sheyna errötete vor Aufregung, vor allem als sie die Unruhe unter den Begleitern des Präsidenten bemerkte. Anscheinend war die Begrüßung von Teresa nicht eingeplant. »Sie erholt sich im Becken nebenan«, sagte sie. »Sie verdankt ihr Leben den Leuten des Dolphin Research Centers. Ohne ihre schnelle Hilfe wäre sie an dem Öl erstickt.« Der Präsident verabschiedete sich von Nicole und ihrer Mutter und folgte Mary Conolly und Jennifer, die rechtzeitig aus dem Becken gestiegen war und eine Jacke übergezogen hatte, nach nebenan.

Sheyna schien völlig vergessen zu haben, wen sie vor sich hatte, und sprach inzwischen frei von der Leber weg. »Was diese Ölkonzerne machen, ist ein Skandal!«, sagte sie. »Nur ein paar hunderttausend Dollar mehr, und sie hätten den Ölfluss aufhalten können! Tun Sie etwas, Mister President! Ich glaube, ich spreche im Namen vieler Menschen, wenn ich Sie bitte, diesem Irrsinn durch neue Gesetze Einhalt zu gebieten. Stoppen Sie die Profitgeier!«

Ungeachtet der blassen Miene seiner Pressedame und der entsetzten Seufzer seiner anderen Begleiter lächelte der Präsident. »Haben Sie schon mal daran gedacht, in die Politik zu gehen, Sheyna? Sie hätten Talent dazu.«

Teresa war immer noch guter Dinge und lebte sichtlich auf, als Sheyna am Beckenrand kniete und ihr zuwinkte. Ohne ein Zeichen von Jennifer schwamm sie los, tauchte aus dem Wasser und zeigte dem Präsidenten einen blitzsauberen Salto. Dass er dabei nass wurde, schien sie nicht zu interessieren.

»Wow!«, staunte der Präsident. »Eine muntere Dame!«

»Teresa hat Glück gehabt«, sagte Sheyna, »aber die meisten anderen Tiere, die mit dem Öl in Berührung kommen, müssen elend zugrunde gehen. Tun Sie etwas, Mister President! Zeigen Sie den Konzernen, was Sache ist, okay?«

»Okay«, stimmte ihr der Präsident lächelnd zu. »Ich verspreche es Ihnen.«

18

Sheyna blieb den ganzen Tag im Dolphin Research Center und konnte sich vor Glückwünschen kaum retten. Jeder wollte ihr zu ihrem mutigen Auftreten gratulieren. »Endlich hat ihm mal jemand die Wahrheit gesagt«, lobte Jennifer, und Rosanna Martinez umarmte sie vor Freude, als sie sich von ihr verabschiedete: »Sie bekommen einen Platz in meiner persönlichen Ruhmeshalle!«

Abends aßen Sheyna und Andy im Restaurant der Kendalls, ein Festessen, das ihr Vater zu ihrem Abschied bereitet hatte: mit Krabbenfleisch gefüllter Grouper, dazu Kartoffelpüree mit Knoblauch und gedämpfter Brokkoli. Da beide keinen Alkohol mochten, gab es den teuren Traubensaft aus Sonoma Valley in Kalifornien.

»Darf ich morgen noch mal zum Frühstück vorbeikommen?«, fragte Andy, als sie sich voneinander verabschiedeten. Sie hielten sich gegenseitig an den Händen fest, als hätten sie Angst, den anderen loszulassen. »Bevor du fährst?«

»Natürlich. Um sieben? Ich muss um acht los.«

»Keine Bange, ich bin Frühaufsteher. Und ab nächsten Samstag bin ich Fußballfan.«

»Darauf kannst du wetten«, erwiderte sie betont locker, ein vergeblicher Versuch, den Kloß aus ihrem Hals zu vertreiben. Sie hatte nicht erwartet, dass ihr der Abschied so schwerfallen würde, auch wenn sie jetzt schon wusste, dass sie und Andy füreinander geschaffen waren. Gegen ihn waren Typen wie Timmy nur lästige Heuchler. »Und wehe, du jubelst an der falschen Stelle!«

»Ich vermisse dich jetzt schon, Sheyna.«

»Ich … ich dich auch, Andy.«

»Ich hab so was noch nie gesagt, aber ich …«

Sie legte ihm rasch einen Finger auf den Mund. »Ich dich auch, Andy, aber heb's dir für einen feierlicheren Moment auf, okay? Nicht hier im Restaurant.«

»Geht klar«, erwiderte er lächelnd.

Nachdem er gefahren war, wollte sie nur noch allein sein. Keine neugierigen Fragen ihrer Eltern, keine Nachrichten im Fernsehen, keine neugierigen Blicke von anderen Gästen. In Gedanken versunken überquerte sie den Highway und ging an der Küste entlang, den Blick auf das dunkle Meer gerichtet. Unter düsteren Wolken und im böig auffrischenden Wind tanzten weiße Schaumkronen auf dem Wasser, die Brandung klatschte gegen die Felsen.

Der Hafen lag verlassen vor ihr. Die wenigen Straßenlampen verbreiteten trübes Licht und zauberten geheimnisvolle Schatten auf die im Wasser schaukelnden Boote. Die Lichter in den umliegenden Häusern waren erloschen, auf keinem der Boote brannte Licht. Es war schon spät, kurz nach elf, wie sie mit einem Blick auf ihre Armbanduhr feststellte. Auf den dunklen Stämmen, die das Hafenbecken eingrenzten, hockten Pelikane, die das Glück gehabt hatten, nicht mit dem tödlichen Öl in Berührung gekommen zu sein.

Keiner der Pelikane rührte sich von der Stelle, als sie sich am Geländer abstützte und auf die vertäuten Boote hinabblickte. Sie waren ihr alle vertraut, das Fischerboot der Ramseys, das neue Boot eines jungen Fischers, der erst letztes Jahr nach Florida gekommen war, das weiße Boot von Larry McCormick, der auch am vergangenen Morgen keinen Kunden gefunden hatte. Wie sollte er jemals überleben, wenn keine Touristen mehr auf die Keys kamen?

Neben seinem Motorboot, einer stattlichen Jacht mit Kajüte, sein ganzer Stolz, wie er immer betonte, dümpelte ein einfaches Ruderboot mit Außenbordmotor im unruhigen Wasser. Zuerst maß ihm Sheyna keine besondere Bedeutung bei, doch dann erinnerte sie sich an die Worte des Polizeichefs, der von einem Mann gesprochen hatte, der in einem solchen Boot vom Tatort geflohen war. Natürlich gab es unzählige solcher Boote auf den Keys, aber es kam Sheyna doch komisch vor, dass es ausgerechnet neben dem Motorboot von McCormick im Wasser lag. Dort hatte sie nie ein solches Boot gesehen.

Von innerer Unruhe getrieben stieg sie die steile Treppe zum Kai hinunter und kletterte auf das Motorboot des Captains. »Mister McCormick?«, rief sie mit gedämpfter Stimme. »Sind Sie an Bord?« McCormick schlief manchmal in der Kabine, hatte aber auch ein billiges Apartment in der Stadt gemietet.

Aus der Kabine kam keine Antwort.

Sie stieg die wenigen Stufen hinunter, war sich gar nicht bewusst darüber, dass sie im Begriff stand, in ein fremdes Boot einzubrechen, auch wenn die Tür unverschlossen war. Das wurde ihr erst bewusst, als sie in der engen Kabine stand. Außer einem kleinen Tisch und einer sichelförmigen Bank war dort nur Platz für eine Mini-Küchenzeile, das Funkgerät und einige eingebaute Schränke und Schubladen, nicht größer als in einem herkömmlichen Wohnmobil. Auf der kleinen Arbeitsfläche standen mehrere leere Bierflaschen. Durch die schmalen Dachluken fiel das trübe Licht der Straßenlampen in den Raum.

Jetzt fängst du langsam an zu spinnen, dachte Sheyna, verdächtigst einen harmlosen Fischer, nur weil ein Ruderboot mit Außenbordmotor neben seinem Motorboot im Wasser schaukelt. Dennoch zog sie einige Schubladen auf, fand etwas Draht und Wachs und ein Fläschchen mit irgendeiner Chemikalie. Konnte aber auch Hustensaft sein, überlegte sie, auch wenn man Draht und Wachs zum Bau eines Sprengsatzes benötigte. Aber auch zum Basteln oder zum Ausbessern eines Bootes und für tausend andere Dinge. Hau ab, mach, dass du von dem Boot runterkommst, bevor dich jemand erwischt, sonst geht es dir genauso wie Johnny Ramsey und es ist vorbei mit deiner Prominenz.

Doch die Versuchung war zu groß, und sie zog noch eine weitere Schublade auf, vollgestopft mit Zeitschriften, Büchern und einer Plastikhülle mit Zeitungsausschnitten. Sie wollte die Schublade schon wieder schließen, als ihr eine Schlagzeile mit dem Namen »Larimer« ins Auge fiel. Neugierig zog sie die Plastikhülle heraus und breitete die Zeitungsausschnitte auf dem kleinen Tisch aus. Im schwachen Licht, das durch die Fenster hereinfiel, konnte sie zumindest die fett gedruckten Schlagzeilen erkennen: »Frau eines Seemanns ertrinkt vor der Küste Louisianas«, »Erfahrene Seglerin wird von Motorboot des Ölkonzerns gerammt«, »International Oil weigert sich zu zahlen«, »Ölmanager Larimer verweigert Zahlung«, »Seemann trauert um Ehefrau«.

Sheyna hielt einen der Ausschnitte ins Licht und

überflog den Artikel. Larry McCormick, vor drei Jahren noch auf hoher See unterwegs, war damals mit einer gewissen Esther verheiratet, einer passionierten Seglerin, die bereits an mehreren Regatten teilgenommen hatte und erfahren genug war, um nicht den Kurs des Versorgungsbootes einer Bohrinsel zu kreuzen. Dennoch wurde sie bei der Ausfahrt aus einem Hafen in Louisiana von einem solchen Boot gerammt. Die Erschütterung warf sie über Bord und sie ertrank in dem aufgewühlten Meer. Erst zwei Tage später wurde ihre Leiche an Land gespült. Angeblich, so der Ankläger im darauf folgenden Prozess, sei der Steuermann des Versorgungsbootes betrunken gewesen, aber dafür gab es keine Beweise. Joseph Larimer, der führende Manager von International Oil und damit auch für die Flotte von Versorgungsbooten verantwortlich, weigerte sich, dem Witwer eine Entschädigung zu zahlen und, was noch viel schlimmer für McCormick war, wies auch jede Schuld weit von sich. Er erschien noch nicht einmal zur Beerdigung, schrieb der aufgebrachte Reporter.

Also doch, erkannte Sheyna entsetzt. Larry McCormick hatte den Anschlag auf den Ölmanager ausgeführt. Und nach dem, was in diesen Zeitungsausschnitten stand, hatte er es auf sein Leben abgesehen und ihn nicht nur erschrecken wollen. Er musste sich verrechnet, den Timer, wenn es einen gegeben hatte, falsch eingestellt haben. Zum Glück, denn sonst würde ihm jetzt lebenslängliche Haft oder die Todesstrafe drohen.

Die Richter in Florida waren streng und verhängten die Höchststrafe eher als ihre Kollegen in liberalen Staaten wie Massachusetts. Erst neulich war jemand hingerichtet worden.

Ausgerechnet Larry McCormick, schoss es ihr durch den Kopf, der Fischer, der während der Diskussionen stets am besonnensten gewirkt hatte. Nicht mal in der Community Hall, als Joseph Larimer auf der Bühne vor ihm gestanden hatte, war er auf ihn losgegangen. Er war zeitig verschwunden und hatte darauf gewartet, dass Larimer in seinen Wagen stieg und bei der Explosion starb, so wie McCormicks Frau vor der Küste von Louisiana.

Sheyna legte die Zeitungsausschnitte in die Schublade zurück, merkte in der Eile gar nicht, wie einer zu Boden fiel, und suchte nach der Visitenkarte des FBI-Agents und ihrem Handy. Die Visitenkarte steckte in ihrer Hosentasche, das Handy hatte sie in ihrem Zimmer liegen lassen. Sie überlegte. Sie musste die Agents benachrichtigen, egal wie spät es war. Schon allein, um zu verhindern, dass noch ein weiteres Unglück geschah. In seiner Verzweiflung ging McCormick vielleicht auf Monica Brecard und Randy Wood los, nur weil sie für Larimer arbeiteten. Nach dem missglückten Bombenanschlag war dem Fischer alles zuzutrauen.

Ein dunkler Schatten flackerte durch die Kabine, im nächsten Augenblick bewegte sich das Boot und über ihr erklangen Schritte. Sie hörte, wie jemand die Leine losmachte und an Deck warf. Der Motor sprang an und ließ das Boot vibrieren. Es legte vom Ufer ab und fuhr durch den Kanal aufs offene Meer. Schon bald war durch die schmalen Fenster nur noch der dunkle Himmel zu sehen. Der Mond und die Sterne, in den meisten Nächten klar am Himmel, lagen hinter dichten Wolken verborgen. Ein nahendes Unwetter, das sich schon den ganzen Tag angekündigt hatte. Auch auf den Florida Keys gab es regnerische Tage und dunkle Nächte, wenn auch verhältnismäßig selten.

Sheyna setzte sich auf die Bank, um nicht das Gleichgewicht zu verlieren, und blickte ängstlich zur Treppe. Larry McCormick war an Bord, und in der engen Kabine gab es keine Möglichkeit für sie, sich zu verstecken. Die Schränke waren nicht groß genug, und der winzige Abstellraum war mit Angelzubehör vollgestellt. Sie saß auf dem Präsentierteller, dem Captain schutzlos ausgeliefert, falls er die Kabine betrat. Er würde sofort wissen, dass sie hinter sein dunkles Geheimnis gekommen war, und in seiner Verzweiflung vielleicht sogar eine Dummheit begehen. Ihre einzige Hoffnung war, dass er lediglich zu einem kurzen Trip aufgebrochen war und gar nicht in die Kabine kam.

Die ersten Regentropfen fielen auf das Kabinendach, und das Boot schaukelte auf den stärker werdenden Wellen. Ein denkbar ungünstiger Augenblick für einen Bootsausflug. Was hatte McCormick vor? Mitten in der Nacht fuhr man doch nicht spazieren, und einen

Kunden holte er um diese Zeit bestimmt nicht ab. Er war kein kommerzieller Fischer, der in aller Herrgottsfrühe bei den Fischen sein wollte, er brach normalerweise erst um acht Uhr morgens zu seinen Fahrten auf, wenn er Kunden hatte. Aber die waren seit der Ölpest ausgeblieben, und allein fuhr er ganz selten zum Angeln. Plante er einen weiteren Anschlag? Hatte er es tatsächlich auf Monica Brecard und Randy Wood abgesehen, nachdem ihm Larimer entwischt war? Ihr fiel ein, dass das Hotel, in dem die beiden wohnten, über einen kleinen Bootsanleger verfügte. Wollte er sich durch den Hintereingang in das Hotel schleichen und sich an den Managern rächen?

Sie stand auf und blickte durch eines der schmalen Fenster. McCormick blieb dicht vor der Küste und näherte sich tatsächlich dem Hotel. Sie wollte sich wieder setzen, doch ausgerechnet in diesem Moment traf das Boot eine besonders harte Welle und sie verlor das Gleichgewicht. In ihrer Not versuchte sie sich an der Spüle festzuhalten, fegte dabei einige der Bierflaschen von der Arbeitsfläche und stürzte zu Boden. Stöhnend blieb sie liegen.

Das Boot wurde langsamer. Sie zog sich an der Tischplatte hoch, blieb schwankend stehen und blickte in das grelle Licht einer Taschenlampe. Geblendet schloss sie die Augen. Sie brauchte den Mann nicht zu sehen, um zu wissen, dass er in die Kabine gekommen war und sie entdeckt hatte. Der Lichtkegel wanderte über ihr Gesicht nach rechts und erfasste den Zeitungsausschnitt auf dem Boden. Zu spät erkannte Sheyna, dass sie einen Fehler begangen hatte.

»Sheyna! Verdammt, was soll das?«

»Sie müssen sich stellen«, war seltsamerweise das Erste, was sie sagte. Sie wunderte sich selbst darüber, dass sie weder in Panik geriet noch einen Weinkrampf bekam. »Noch ist nicht viel passiert. Man wird Ihnen mildernde Umstände zubilligen und Sie kommen vielleicht sogar mit einer Bewährungsstrafe davon. Ich weiß, was Sie vorhaben, Larry! Lassen Sie uns zurückfahren! Wenn Sie jetzt durchdrehen, machen Sie doch alles nur noch schlimmer, und Ihre Frau erwecken Sie damit auch nicht wieder zum Leben. Seien Sie vernünftig, Larry … bitte!«

McCormick ließ die Taschenlampe sinken und schien zu überlegen. Leise Seufzer verrieten ihr, dass er weinte. »Ich … ich dachte, ich hätte alles hinter mir … war nach Florida gezogen, um alles zu vergessen und ein … ein neues Leben anzufangen, hier auf den Keys. Dann … dann kam das Öl, und der Name dieses verdammten … von Larimer war wieder in den Schlagzeilen, und als ich das Plakat sah und wusste, dass er … dass er kommen würde … ich konnte nicht anders, Sheyna. Ich war lange bei der Armee … bei einem Bombensuchtrupp … ich weiß, wie man eine Bombe baut. Hätte ich den Timer … hätte ich ihn richtig eingestellt … ich hab einen Draht falsch abgeklemmt …«

»Seien Sie froh, Larry! Wenn es geklappt hätte, wären Sie jetzt wegen Mordes dran. Sie haben Glück gehabt. Wenn Sie sich freiwillig stellen, haben Sie nicht viel zu befürchten. Lassen Sie uns zurückfahren, Larry … okay?«

Sein Gesichtsausdruck veränderte sich so plötzlich, dass sie erschrak. »Nein!«, rief er. Seine Stimme überschlug sich vor Panik. »Nein! Nein! Ich will nicht mehr!« Er drehte sich um und stürmte an Deck, rannte ins Cockpit und schob den Gashebel nach vorn. Das Boot machte einen Satz nach vorn.

Sheyna folgte ihm und sah ihn im Cockpit stehen, den Blick auf die grellen Blitze gerichtet, die am westlichen Horizont vom Himmel zuckten. Grollender Donner rollte über das aufgewühlte Meer. McCormick fuhr auf das offene Meer hinaus, dem Unwetter entgegen, er wusste in seiner Panik nicht mehr, was er tat. Glaubte er auf diese Weise dem FBI entkommen zu können? Wartete er auf ein Gottesurteil, darauf, dass ein Blitz in sein Boot schlug und es in Stücke zerriss? Hatte er sich entschlossen, Selbstmord zu begehen?

Ohne weiter zu überlegen, rannte sie zu ihm, packte ihn an der Hüfte und versuchte ihn aus dem Cockpit zu ziehen. Er wehrte sich mit einem Arm, schlug ihr mit voller Wucht gegen den Hals. Sie taumelte nach hinten, stolperte über eine Kühlbox und ging über Bord. Mit dem Kopf zuerst tauchte sie ins kühle Meer, kam prustend wieder hoch und rieb sich das Salzwasser aus den Augen, beobachtete durch den strömenden Regen, wie sich das Boot immer weiter von ihr entfernte. Sie drehte sich im Kreis, suchte nach dem Ufer und erkannte die Straßenlampen am Highway nur als winzige trübe Punkte.

Der Regen wurde immer stärker, trommelte immer heftiger auf das dunkle Wasser. Ihr blieb nichts anderes übrig, als zu schwimmen. Wie weit war es bis zum Ufer? Eine Meile? Zwei Meilen? Machbar für eine geübte Schwimmerin wie sie, aber nur in ruhigem Wasser, nicht in diesem Unwetter und bei diesen aufgewühlten Wellen. Selbst nach zehn oder fünfzehn Minuten hatte sie das Gefühl, keinen Zoll vom Fleck gekommen zu sein. Sie schwamm dennoch weiter, durchpflügte das Wasser mit beiden Armen, kämpfte sich verzweifelt vorwärts. Sie konnte kaum noch etwas sehen, verlor alle paar Minuten die Orientierung und merkte plötzlich, dass die Keys in ihrem Rücken waren. Verzweifelt drehte sie um und schwamm keuchend auf die Küste zu.

Ratterndes Motorengeräusch übertönte das Trommeln des Regens und den fernen Donner. Zwei Helikopter der Küstenwache kamen ihr entgegen. Sie winkte und schrie, begann zu weinen, als die hellen Suchscheinwerfer sie erfassten. Gleißendes Licht hüllte sie ein. Der röhrende Motor eines Schnellboots war zu hören und verklang rasch in der Ferne. Einer der Helikopter blieb über ihr stehen, der andere folgte dem Schnellboot aufs Meer hinaus.

»Sheyna!«, hörte sie jemanden rufen. Sie blickte nach oben und erkannte eine dunkle Gestalt in der offenen Tür. In dem strömenden Regen war sie nur schemenhaft zu erkennen. »Sheyna!« Was noch gesagt wurde, verstand sie nicht.

Doch den Korb, der an einem langen Seil zu ihr herabgelassen wurde, erkannte sie. Nach einigen vergeblichen Versuchen bekam sie ihn endlich zu fassen und schob sich mit einer letzten Kraftanstrengung hinein. Sie klammerte sich mit beiden Händen an das Drahtgeflecht, als der Mann im Helikopter den Korb nach oben ziehen ließ und sie nach innen zog. Ein Sanitäter half ihr auf eine Trage und breitete einige warme Decken über sie. »Alles okay«, versicherte ihr ein Mitarbeiter der Küstenwache, »Sie sind in Sicherheit.«

»Wie ... wie haben Sie mich gefunden?« Sie rang immer noch nach Luft.

»Die Agents vom FBI haben herausgefunden, dass McCormick bei einem Bombenkommando war und Larimer für den Tod seiner Frau verantwortlich machte. Als er nicht zu Hause war und sie sahen, dass sein Boot nicht im Hafen lag, alarmierten sie uns. Dass wir Sie entdeckt haben, war Glück.«

»Vielen ... vielen Dank«, sagte sie.

»Danken Sie nicht uns«, erwiderte er grinsend, »danken Sie Ihrem Freund. Er hat Sie zuerst gesehen. Ein Glück, dass wir ihn mitgenommen haben.«

Sheyna wandte den Kopf und erkannte Andys lächelndes Gesicht. Er beugte sich über sie und küsste sie zärtlich auf die Stirn. »Hey«, sagte er.

»Hey«, erwiderte sie. »Ich glaube, jetzt ist der Augenblick gekommen.«

Du meinst …?«

»Nun sag es schon, verdammt!«

Sie sagten es beide und küssten sich wie Humphrey Bogart und Ingrid Bergmann in *Casablanca*, einem der legendären Schwarz-Weiß-Filme aus der großen Zeit Hollywoods. Das erfuhr Sheyna aber erst, nachdem sie sich zum zweiten Mal geküsst hatten. Oder war es das dritte Mal?

Danksagung

Mein Roman und die darin vorkommenden Personen sind frei erfunden. Es gab weder eine Explosion auf einer Bohrinsel namens »Ocean Queen« noch die beschriebene Ölpest, und auch den Konzern »International Oil« gibt es nicht. Sollte es eine Ähnlichkeit mit tatsächlichen Ereignissen geben, liegt es daran, dass die Explosion der Ölplattform Deepwater Horizon im Frühjahr 2010 eine ähnliche Ölpest auslöste. Sie breitete sich bis an die Küste von Florida aus und tötete eine Vielzahl von Meeressäugetieren und Vögeln. Auch damals stand der verantwortliche Ölmultikonzern im Kreuzfeuer der Kritik. Meine Informationen über die Katastrophe habe ich u. a. aus einer ausführlichen Online-Dokumentation des Magazins *Der Spiegel*, zahlreichen Dokumentationen in den USA und einem Besuch der betroffenen Region in Alabama.

Die Delfindame Teresa gibt es wirklich, und auch das Dolphin Research Center findet man in Marathon auf den Florida Keys. Während der Recherchen zu diesem Buch hielt ich mich mehrere Tage in dem Center auf und durfte die Trainer und Angestellten bei ihrer Arbeit beobachten. Besonderen Dank schulde ich der Delfintrainerin Jennifer Erb und ihrer Mutter Linda. Ihnen verdanke ich wertvolle Informationen über das Dolphin Research Center, über Delfine und die immer noch umstrittene, aber wirkungsvolle Delfintherapie.

Thank you very much for your help, Jennifer and Linda! Wer sich für das Center interessiert, findet alle Informationen unter www.dolphins.org.

Christopher Ross
www.christopherross.de

Nach einer wahren Begebenheit
vom Meister des romantischen Abenteuerromans:

Christopher Ross

Wilde Pferde in Gefahr

Nevada, 1959: Rodeoreiterin Peggy Corbett beobachtet, wie Mustangjäger eine Herde wilder Pferde auf grausame Weise einfangen und an einen Schlachthof verkaufen. Zusammen mit der legendären Wild Horse Annie kämpft sie gegen die skrupellosen Männer und für ein neues Gesetz zum Schutz der Wildpferde. Doch die Mustangjäger schlagen zurück und Peggy gerät in tödliche Gefahr. Nur der junge Cowboy, der mit den Mustangjägern geritten ist, kann sie noch retten.

ISBN 978-3-8000-5537-1
256 Seiten